文春文庫

流　人　船

新・秋山久蔵御用控（十八）

藤井邦夫

文藝春秋

目次

おもな登場人物

秋山久蔵　南町奉行所吟味方与力。〝剃刀久蔵〟と称され、悪人たちに恐れられている。心形刀流の遣い手。普段は温和な人物だが、悪党に対しては情け無用の冷酷さを秘めている。

神崎和馬　南町奉行所定町廻り同心。久蔵の部下。

香織　久蔵の後添え。亡き先妻・雪乃の腹違いの妹。

大助　久蔵の嫡男。元服前で学問所に通う。

小春　久蔵の長女。

与平　親の代からの秋山家の奉公人。女房のお福を亡くし、いまは隠居。

太市　秋山家の奉公人。おふみを嫁にもらう。

おふみ　秋山家の女中。ある事件に巻き込まれた後、秋山家に奉公するようになる。

幸吉　〝柳橋の親分〟と呼ばれた弥平次の跡を継ぎ、久蔵から手札をもらう岡っ引。

お糸　隠居した弥平次の養女で、幸吉を婿に迎えて船宿『笹舟』の女将となった。息子は平次。

弥平次　女房のおまきとともに、向島の隠居家に暮らす。

勇次　元船頭の下っ引。

雲海坊　幸吉の古くからの朋輩で、手先として働く托鉢坊主。ほかの仲間に、しゃぼん玉売りの由松、蕎麦職人見習いの清吉、風車売りの新八がいる。

長八　弥平次のかつての手先。いまは蕎麦屋『藪十』を営む。

流人船

新・秋山久蔵御用控（十八）

第一話 真似事

一

日本橋通南《とおりみなみ》の通りの左右には様々な店が軒を連ね、大勢の人が行き交っていた。

非番の南町奉行所吟味方与力《ぎんみがたよりき》の秋山久蔵《あきやまきゅうぞう》は、下男の太市《たいち》を伴って親戚の屋敷を訪れ、八丁堀岡崎町《はっちょうぼりおかざきちょう》の屋敷に帰る途中だった。

「あっ。秋山さまではございませんか……」

小間物屋『紅堂《くれないどう》』の主の吉五郎《きちごろう》は、満面に笑みを浮かべて店から出て来た。

「やあ。吉五郎か……」

久蔵は笑い掛けた。

「御無沙汰をしております」

「そいつはお互いさまだ。繁盛しているようだな……」

久蔵は、若い女客で賑《にぎ》わっている小間物屋『紅堂』を示した。

「はい。お陰様で……」

「そいつは何よりだ。では、先を急ぐのでな」

「此《こ》れは此れは御無礼致しました。何《いず》れ、ゆっくりと御挨拶にお伺い致します」

吉五郎は、久蔵に深々と頭を下げた。

「うむ……」

久蔵は京橋に向かった。

太市は、吉五郎に会釈《えしやく》をして続いた。

吉五郎は見送った。


「お知り合いなんですか、小間物屋紅堂の旦那と……」

太市は、先を行く久蔵に尋《たず》ねた。

「ああ。大昔、吉五郎が小間物の行商人だった頃、主筋《しゆうすじ》の小間物問屋の旦那に人殺しの罪を着せられてな。危うく死罪にされそうになったのを助けた事がある

「……」

久蔵は告げた。

「へえ、そうだったんですか……」

「ああ。それから吉五郎は商売に励《はげ》み、小さな店を構えた……」

「そして、今では日本橋の目抜き通りに大店《おおだな》を構える旦那ですか……」

太市は感心した。

「ああ。かなりの商売上手だそうだ……」

久蔵は苦笑し、日本橋通南四丁目の辻を東に曲がった。

太市は続いた。

辻を東に曲がると楓川《もみじがわ》に出る。その楓川に架かっている越中殿橋を渡ると、伊《い》勢国桑名藩《せのくにくわなはん》江戸上屋敷があり、八丁堀岡崎町に続いて秋山屋敷があった。


不忍池《しのばずのいけ》は煌《きら》めいていた。

南町奉行所定町廻《じょうまちまわ》り同心の神崎和馬《かんざきかずま》は、手先の清吉《せいきち》と共に不忍池の畔《ほとり》を進み、板塀に囲まれた仕舞屋《しもたや》に進んだ。

仕舞屋の木戸の前では、自身番の者が集まる野次馬を捌《さば》いていた。

「御苦労さまです……」

和馬と清吉は、自身番の者に迎えられて板塀の木戸を潜《くぐ》った。

仕舞屋の座敷では、岡っ引の柳橋《やなぎばし》の幸吉《こうきち》が蒲団《ふとん》に横たわっている寝間着姿の女の死体の傍にいた。

「和馬の旦那……」

「やあ、柳橋の……」

和馬は、幸吉に声を掛けて寝間着姿の女の死体に手を合わせた。

女は色白で、三十歳前後の豊満な身体をした年増だった。

「御苦労さまです。仏は此の家の主で常磐津《ときわづ》の師匠のおまちさん……」

幸吉は告げた。

「常磐津の師匠のおまちか……」

「ええ。どうやら首を絞められて殺されたようですね」

幸吉は、おまちの首に残された絞められた痕《あと》を示した。

「うん。他に争った痕や傷はないのか……」

和馬は尋ねた。

「ええ。争った痕は窺《うかが》えず、寝間着もそれ程乱れちゃあおりませんでした」

「ならば、眠っている処を絞められたのかな」

和馬は読んだ。

「ええ、かもしれません。で、今朝、通いの飯炊《めした》き婆さんが見付けたそうです」

「通いの飯炊き婆さんか……」

「はい。飯炊き婆さん、おたきさんって云うんですが、昨夜は暮六つ（午後六時）に帰ったそうです」

「その時、此の家にはおまちの他に誰もいなかったのかな……」

「はい。訪れている者はいなかったそうです」

「そうか。で、おまち、情夫《おとこ》はいなかったのか……」

「婆やのおたきさんの話じゃあ、情夫はいろいろいたようですよ」

幸吉は苦笑した。

「ほう、いろいろねえ……」

和馬は眉をひそめた。

「ええ。お店の旦那、常磐津の弟子、出入りの行商人。名前の分かる者と分からない者がおりましてね。分かる者は今、勇次《ゆうじ》と新八《しんぱち》が昨夜、何処《どこ》にいたか調べに行っています」

　幸吉は報《しら》せた。

「そうか。して、夜中から今朝方に掛けて此の家に出入りした者を見た者はいないのかな」

「木戸番が何度か通っていますが、見掛けなかったそうでしてね。此れから界隈《かいわい》の夜鳴蕎麦屋《よなきそばや》なんかの夜の商売の者に聞き込みを掛けてみます」

「うむ。それにしても、おまち、何故に殺されたのかだな……」

「ええ。家探《やさが》しされた跡もなく、奪われた物もないそうですから、金や物盗りじゃあなさそうですね」

　幸吉は読んだ。

「だとすると怨恨か、情欲の果てか……」

　和馬は睨《にら》んだ。

　和馬は、界隈で夜の商売をしている者に聞き込みに行く幸吉や清吉と別れ、南町奉行所に戻った。

南町奉行所の中庭には、木洩《こも》れ日が揺れていた。

「常磐津の師匠のおまちか……」

久蔵は、用部屋で和馬の報せを受けた。

「ええ。色白で男好きのする年増でして、私の見た限り、物盗りの仕業《しわざ》ではなく、色恋沙汰の果ての殺しかと……」

和馬は、己の睨みを告げた。

「男出入りの激しい年増か……」

久蔵は苦笑した。

「はい。今、柳橋が拘《かかわ》りのあった男たちの昨夜の動きを調べ、おまちの家に出入りした者がいないか捜しています」

「よし。引き続き探索を進めてくれ」

久蔵は命じた。

「はい。では、此れにて……」

和馬は、久蔵に会釈をして用部屋から出て行った。

久蔵は見送り、溜まっている書類を読み始めた。

「秋山さま……」

当番同心が戸口にやって来た。

「何だ……」

久蔵は、書類を読みながら応じた。

「小間物屋紅堂の主、吉五郎が御機嫌伺いに参っております」

当番同心は告げた。

「紅堂の吉五郎……」

久蔵は眉をひそめた。

「はい。如何致しましょう」

「申し訳ないが、御用繁多で逢っている暇はない。日を改めてくれと伝えてくれ」

久蔵は、何故か吉五郎に逢う気になれずに御機嫌伺いを断わった。

おたき婆さんは、卯《う》の刻六つ半（午前七時）に来て暮六つに帰る。

おまちを殺した者は、おたき婆さんのいない暮六つから卯の刻六つ半の間に来ておまちを殺した。

勇次と新八は、飯炊き婆さんのおたきから聞いたおまちと拘わりのあった男たちに昨夜何処にいたかを尋ねて歩いた。

呉服屋の隠居、薬種屋の旦那、瀬戸物屋の旦那……。

勇次と新八は、尋ねて歩いた。

だが、隠居や旦那たちは自宅にいたり、出先で誰かと逢ったりしており、不忍池の畔のおまちの家に行っていないのが分かった。

勇次と新八は、おまちの家に出入りしている行商人に範囲を広げる事にした。


幸吉と清吉は、夜中におまちの家に出入りしていた者を見なかったか、不忍池の畔一帯で夜の仕事をしている者に聞き込んだ。

夜鳴蕎麦屋、按摩《あんま》、物乞い……。

幸吉と清吉は、聞き込みを続けた。

だが、おまちの家に出入りをする奴を見掛けた者は容易に現れなかった。


勇次と新八は、おたき婆さんからおまちの家に出入りをしていた行商人の名を改めて聞き出していた。

薬の行商人、小間物の行商人、菓子の行商人、貸本の行商人……。

おまちの家には、様々な行商人が出入りしていた。

「で、おたきさん、おまちさんと情を交わしていたらしいのは、誰かな……」

勇次は訊《き》いた。

「さあてねえ。そう云えば、いつだったか、私が帰る時、小間物の行商人の巳之《みの》吉《きち》が来た事がありましたよ」

おたきは、意味ありげな笑みを浮かべた。

「小間物屋の巳之吉……」

勇次は眉をひそめた。

「ええ。若い二枚目でしてね、次の日、一升徳利《いっしょうどっくり》の酒が減っていましてね。二人で差しつ差されつ……」

おたきは、おまちが巳之吉と酒を飲んだと読み、下卑《げび》た笑みを浮かべた。

「勇次の兄貴……」

新八は緊張した。

「ああ。で、小間物屋の巳之吉、家は何処かな……」

「確か神田連雀町《れんじやくちよう》だと聞きましたよ」

「神田連雀町ですか……」

「ええ……」

「よし。新八、神田連雀町の小間物の行商人の巳之吉だ……」

勇次は新八を促《うなが》し、おたきに礼を述べて神田連雀町に急いだ。

池之端仲町《いけのはたなかちょう》の木戸番平助《へいすけ》は、店先の縁台に腰掛けている幸吉と清吉に茶を出した。

「出涸《でが》らしですが、どうぞ……」

「やあ。こいつはありがたい。頂きますよ」

幸吉と清吉は茶を啜《すす》った。

「で、親分、おまちさんを殺《や》った犯人の目星は付いたんですか……」

平助は尋ねた。

「いや。そいつが未《ま》だでね。平助さん、何か心当たりはないかな」

「心当たりですか……」

平助は首を捻《ひね》った。

「亥《い》の刻四つ（午後十時）に町木戸を閉めてから出入りをした者はいませんでし

たか……」

清吉は訊いた。

木戸番は、亥の刻四つに通りの町木戸を閉めて通る者を検《あらた》めるのが主な仕事だ。

「さあて、何人か通りましたが、人を殺すような野郎は、町木戸を通らず裏路地伝いに木戸を抜けるからねえ……」

平助は、気の毒そうに告げた。

「そうですよねえ……」

清吉は、肩を落とした。

「ああ。でも、一人、妙な野郎がいたな……」

平助は眉をひそめた。

「妙な野郎……」

幸吉は尋ねた。

「ええ。此の先の長屋に住んでいる大工の留《とめ》さんが振舞酒《ふるまいざけ》に酔って帰って来たので木戸の潜り戸を開けてやった時、裏路地に入って行く羽織を着た男がいましたよ」

平助は思い出した。

「ええ。身の熟《こな》しや歩き方から見て五十歳ぐらいのお店の旦那のような……」

平助は首を捻った。

「お店の旦那ですか……」

幸吉は眉をひそめた。

「羽織を着た男……」


神田連雀町は、神田八つ小路の八つの道筋の一つであり、外濠の鎌倉河岸《かまくらがし》に続いている。

勇次と新八は、連雀町の自身番を訪れ、小間物の行商人の巳之吉の家が何処か尋ねた。

「小間物の行商人の巳之吉ねえ……」

自身番の店番は、町内名簿を捲《めく》った。

勇次と新八は見守った。

「ああ。あった……」

店番は、頁を捲る手を止めた。

「いましたか……」

「家は何処です」

勇次と新八は、思わず身を乗り出した。

「ええ。小間物の行商人の巳之吉。住まいは、此の先の米屋の裏にあるお地蔵《じぞう》長屋だね」

店番は告げた。

「米屋の裏のお地蔵長屋……」

勇次と新八は、店番に礼を云ってお地蔵長屋に急いだ。

米屋の脇の道を進んだ処に、木戸に古地蔵のある古長屋があった。

「此処《ここ》ですね、お地蔵長屋……」

新八は、お地蔵長屋を示した。

「うん。巳之吉、いりゃあ良いんだが……」

勇次と新八は、お地蔵長屋の木戸を潜った。

お地蔵長屋の井戸端では、中年のおかみさんが洗い物をしていた。

「おかみさん、ちょいと訊きますが……」

新八は、中年のおかみさんに駆け寄った。

「あら、何だい……」

中年のおかみさんは、前掛けで濡れた手を拭《ぬぐ》いながら立ち上がった。

「小間物の行商の巳之吉さんの家は、何方《どちら》ですかい……」

「ああ。巳之吉さんの家なら木戸の傍だよ」

中年のおかみさんは、木戸の近くの家を示した。

「そうですかい。造作《ぞうさ》をお掛けしました」

新八は、中年のおかみさんに礼を云い、勇次と木戸の傍の巳之吉の家に向かった。

新八は、巳之吉の家の腰高障子《こしだかしょうじ》を静かに叩《たた》いた。

だが、家の中から巳之吉の返事はなかった。

「巳之吉さん……」

新八は、声を掛けながら尚も腰高障子を叩いた。

「勇次の兄貴……」

「うん。留守のようだな……」

「ええ……」

新八は、腰高障子を開けてみようとした。

腰高障子は、小さな音を鳴らして開いた。

「兄貴……」

新八は、勇次の指図を待った。

「開けてみな……」

勇次は命じた。

「はい……」

新八は、巳之吉の家の腰高障子を開けた。

勇次は、懐《ふところ》の十手を握って踏み込んだ。

新八が続いた。

家の中は狭くて薄暗く、巳之吉の姿はなかった。

勇次と新八は、狭くて薄暗い家に上がった。

家の中には、煎餅蒲団《せんべいぶとん》が敷《し》かれたままであり、部屋の隅《すみ》には商売物と思われる小間物が置かれていた。

「商売に行っているんですかね」

新八は眉をひそめた。

「うん。小間物の荷物がない処をみると、そのようだな……」

勇次は読み、頷《うなず》いた。

「じゃあ、どうします……」

「見張ってくれ。俺は巳之吉の事を親分に報せる」

勇次は命じた。

「承知……」

新八は頷いた。

「小間物の行商人の巳之吉か……」

幸吉は眉をひそめた。

「ええ。今の処、あっしたちの聞き込みに浮かんだ一番怪しい奴です」

「そうか……」

「で、新八が戻るのを見張っていますが、親分の方はどうですか……」

「そいつなんだが、池之端仲町の木戸番の平助さんの話じゃあ、昨夜、閉めた町木戸を嫌い、羽織を着たお店の旦那らしい男が裏路地に入って行ったそうだ」

「羽織を着たお店の旦那らしい男……」

勇次は眉をひそめた。

「ああ。それで清吉がそいつを捜しているんだが……」

「巳之吉とお店の旦那らしい男ですか……」

「ああ。怪しい奴は二人か……」

「ええ……」

「よし。取り敢えず、巳之吉とお店の旦那らしい男をそれぞれ追ってみるしかないな」

幸吉は決めた。

「はい……」

勇次は頷いた。

陽は西に大きく傾き、船宿『笹舟《ささぶね》』の居間に差し込んだ。

裏路地は左右の家の軒下に続き、抜ければ新たな裏路地に出た。

清吉は、羽織を着たお店の旦那らしい男の足取りを裏路地に探し歩いた。だが、羽織を着たお店の旦那らしい男の足取りは容易に摑めなかった。

清吉は、夕暮れの裏路地を歩き廻った。
お地蔵長屋の井戸端は、夕食の仕度をするおかみさんたちで賑わっていた。
新八は、木戸の古地蔵の傍に潜《ひそ》み、小間物の行商人の巳之吉が帰るのを待っていた。
巳之吉は帰らず、家には訪れる者もいなかった。
巳之吉の帰りは夜になるかもしれない……。
新八は、覚悟を決めて見張りを続けた。
夕陽は沈み、お地蔵長屋は青黒い夕闇に覆《おお》われた。
秋山屋敷門前には軒行燈《のきあんどん》が灯されていた。
久蔵が太市を従え、南町奉行所から帰って来た。
斜向《はすむ》かいの屋敷の路地から、人影が通りに伸びていた。
久蔵は気付き、太市に人影を示した。
太市は、通りに伸びている人影に気が付き、緊張した面持ちで頷いた。
「何処の誰かだ……」

久蔵は、短く命じた。

「はい……」

太市は頷き、軒行燈の陰に素早く隠れた。

久蔵は、表門脇の潜り戸から屋敷に入った。

静寂の刻《とき》が僅《わず》かに過ぎた。

路地から浪人が現れ、楓川に向かった。

太市が軒行燈の陰から現れ、浪人を追った。

二

楓川の流れに月影が揺れていた。

浪人は、伊勢国桑名藩江戸上屋敷脇の通りから楓川沿いの道に現れ、日本橋川に向かった。

太市が追って現れ、暗がり伝いに浪人を尾行《つけ》た。

浪人は、新場橋《しんばばし》の袂《たもと》を過ぎて海賊橋を渡り、日本橋川に架かっている江戸橋に進んだ。

太市は、慎重に尾行た。

江戸橋を渡った浪人は、西堀留川《にしほりどめがわ》に架かっている荒布橋《あらめばし》から日本橋川沿いを進み、東堀留川《ひがしほりどめがわ》に架かっている思案橋《しあんばし》の袂にある飲み屋の暖簾《のれん》を潜った。

太市は見届けた。

飲み屋の軒下には、『お多福《たふく》』と書かれた赤提灯《あかちょうちん》が揺れ、酔客の笑い声が洩れていた。

僅かな刻が過ぎた。

よし……。

太市は、飲み屋『お多福』の暖簾を潜った。

「いらっしゃい……」

大年増の女将《おかみ》は、厚化粧の顔を綻《ほころ》ばせて太市を迎えた。

「おう。酒を頼むぜ」

太市は、客で賑わっている店の奥で酒を飲んでいる浪人を見定め、戸口の近くに座って酒を注文した。

「はい。只今……」

大年増の女将は、板場に入って行った。

太市は、酒を飲んでいる浪人を見守った。

浪人は、手酌で酒を飲んでいた。

大年増の女将が、刺身の盛合わせを浪人の許《もと》に運んだ。

「はい。刺身の盛合わせ……」

「おう。で、酒をもう一本だ」

浪人は、嬉しそうに注文した。

羽振りが良い……。

太市は、微かな戸惑いを覚えた。

「はい。お待ちどお……」

大年増の女将が、太市に酒を持って来た。

「おう。待ち兼ねた……」

「お一つどうぞ……」

大年増の女将は、厚化粧の顔に笑みを浮かべて太市に酌をした。

「こいつはすまねえな……」

太市は、嬉し気に注《つ》がれた酒を飲んだ。

「いいえ……」

「繁盛していて結構だね」

「お陰さまで……」

大年増の女将は、科《しな》を作って笑った。

「随分と羽振りの良いお客もいるし……」

太市は、刺身を摘まんで酒を飲んでいる浪人を一瞥《いちべつ》した。

「ああ。食詰《くいづめ》の岡田準之助《おかだじゅんのすけ》ですか……」

大年増の女将は、刺身を食べている浪人を見て苦笑した。

「食詰……」

浪人の名は岡田準之助……。

太市は知った。

「ええ。いつも、ぴいぴいしている癖に何か割の良い仕事にありついたようだよ」

大年増の女将は読んだ。

「へえ。割の良い仕事ねえ……」

太市は苦笑し、酒を飲んだ。

「ま。それも長く続かず、いつもの通りに親父橋《おやじばし》の袂の掘割《ほりわり》長屋で腹を減らして寝るしかなくなるんだけどね」

大年増の女将は、嘲《あざけ》りを浮かべた。

親父橋の袂の掘割長屋……。

太市は、岡田準之助の住まいを知った。

飲み屋『お多福』は、酔客の楽し気な笑い声に満ちた。

燭台《しょくだい》の灯りは、久蔵と太市を照らした。

「親父橋の袂にある掘割長屋に住んでいる岡田準之助か……」

久蔵は、戻った太市から屋敷を見張っていた浪人の名と住まいを聞いた。

「はい。いつもは食詰めてぴいぴいしているそうですが、今夜は酒の肴《さかな》に刺身の盛合わせでした……」

太市は苦笑した。

「何者かに金で雇われて、屋敷を見張っていたか……」

久蔵は読んだ。

「きっと。で、その金で酒に刺身でしょうが、何者に雇われての所業か……」

太市は眉をひそめた。

「うむ。よし、明日から岡田準之助を見張ってみてくれ。屋敷は大助《だいすけ》に警戒させる」

久蔵は、厳しい面持ちで告げた。

燭台の火は揺れた。


翌日早く。

太市は、秋山屋敷から出掛け、大助が門番所に入って周囲に眼を光らせた。

久蔵は、香織《かおり》に岡田準之助と云う名の浪人が屋敷を窺っていると伝え、気を付けるように命じて南町奉行所に出仕した。

香織は、小春《こはる》とおふみに事の次第を告げた。

秋山屋敷は、隠居の与平《よへい》を除いて警戒態勢に入った。


親父橋の袂にある掘割長屋は、亭主たちが仕事に出掛け、おかみさんたちが洗濯を始める前の静けさが訪れていた。

浪人の岡田準之助は、井戸端で手早く顔を洗って掘割長屋から出掛けた。

木戸の陰から太市が現れ、岡田準之助の後を追った。

岡田は、照降町《てりふりちょう》を抜けて西堀留川に架かっている荒布橋を渡り、日本橋川に架かっている江戸橋を渡った。

太市は追った。

八丁堀岡崎町の秋山屋敷を見張りに行くのか……。

太市は読み、苦笑した。


お地蔵長屋の井戸端では、おかみさんたちの洗濯が賑やかに始まった。

小間物の行商人の巳之吉は、帰って来なかった……。

新八と勇次は、交代で見張りを続けて巳之吉が帰らないのを見届けた。

「さあて、巳之吉、どうしたのかな……」

勇次は眉をひそめた。

「おまち殺しが露見したと気が付き、早々に逃げましたかね」

新八は、首を捻った。

「まさか、こっちの探索を知るような奴じゃあないだろう。よし、俺は巳之吉がどんな商売をしているか調べてみる。新八、お前は引き続き、此処を見張ってくれ」

勇次は、それぞれの遣《や》る事を決めた。

「承知……」

新八は頷いた。

「じゃあ、頼んだぜ……」

勇次は、新八を残して木戸から出て行った。

新八は、巳之吉が帰って来るのを待ち続けた。

古地蔵は、木戸の傍で朝日を浴びていた。

町木戸を避け、裏路地伝いに進んだ羽織を着たお店の旦那らしい男……。

清吉は、辛《かろ》うじて続く足取りを追った。

だが、足取りは次第に薄れ、下谷長者町《したやちようじやまち》で途切れた。そして、お店の旦那らしい男は分からなくなった。

「そうか、やっぱり無理だったか……」

幸吉は、清吉の報せを受けて頷いた。

「はい。で、どうしますか……」

清吉は、幸吉の指示を仰《あお》いだ。

「よし。じゃあ清吉、おまちと拘わりのあった旦那たちの中に、足取りの途切れた下谷長者町と拘わりのある者を捜してみな」

幸吉は命じた。

「おまちと拘わりのあった旦那で下谷長者町と拘わりのある者ですか……」

「ああ……」

幸吉は頷いた。

「分かりました。直《す》ぐに調べてみます」

清吉は頷き、駆け出して行った。

八丁堀組屋敷街は、出仕の刻限も既に過ぎて行き交う人も少なかった。

浪人の岡田準之助は、或る旗本屋敷の路地から斜向かいの秋山屋敷の見張りに就《つ》いた。

太市は苦笑し、秋山屋敷の裏に廻った。そして、閉められた裏門の潜り戸を開けて素早く入った。

秋山屋敷の台所では、香織、小春、おふみが仕事をしていた。

太市は、台所に入った。

「あら……」

香織、小春、おふみは、戸惑いを浮かべた。

「岡田って食詰浪人が斜向かいの伊藤さまの御屋敷の路地に潜み、見張りを始めましたので、暫《しばら》くお屋敷を出ないように……」

太市は報せた。

「分かりました。大助にはこちらから報せておきます」

香織は頷いた。

「分かりました。じゃあ……」

太市は、素早く裏門に向かった。

女房のおふみが、裏門の戸締りに続いた。

「小春、今の話を大助に……」

「はい……」

小春は、台所から表門に走った。

表門の門番所では、大助が潜り戸の覗《のぞ》き窓から門前を見張っていた。

「兄上……」

小春がやって来た。

「どうした小春……」

「はい。太市さんが岡田って食詰浪人が伊藤さまのお屋敷の路地に潜んだと……」

小春は報せた。

大助は命じた。

「よし。分かった。小春、与平の爺ちゃんを台所で茶を飲もうと誘え……」

「分かったわ……」

小春は、与平のいる隠居所に急いだ。

「おのれ……」

大助は、竹箒《たけぼうき》を薙刀《なぎなた》のように振り廻した。

竹箒は風を切った。

「よし……」

大助は、竹箒を薙刀のように小脇に抱えて潜り戸を出た。

秋山屋敷から大助が竹箒を小脇に抱えて出て来た。

路地にいる岡田準之助は、土塀の陰から秋山屋敷を眺《なが》めた。

太市は見守った。

大助は、竹箒を薙刀のように振り廻した。

竹箒は風を切り、音を鳴らした。

岡田は、ぞっとした面持ちで土塀の陰に身を退いた。

大助は、表門前の掃除を始めた。

太市は苦笑した。


勇次は、知り合いの小間物屋の旦那に聞き込みを掛けた。

「行商人の巳之吉なら知っていますよ……」

知り合いの小間物屋の旦那は頷いた。

「巳之吉、どんな奴なんですかね」

勇次は尋ねた。

「どんな奴って、噂じゃあ、行商先のお内儀や娘、妾《めかけ》稼業の姐さんなんかの馴染《なじみ》客と宜《よろ》しくやっているって話ですよ」

小間物屋の旦那は苦笑した。

「へえ、そんな野郎なんですかい……」

勇次は眉をひそめた。

巳之吉は、おまちと情を交わしており、その色恋の揉《も》め事で殺したのかもしれない。

勇次は読んだ。

「で、昨日は巳之吉を見掛けましたかい……」

勇次は訊いた。

「いいえ……」

小間物屋の旦那は、首を横に振った。

「そうですか。じゃあ、巳之吉は何処から品物を仕入れているのか知っていますか……」

「確か下谷の上野北大門町《うえのきただいもんちよう》の小間物問屋の弁天屋《べんてんや》さんだと思いますけど……」

「上野北大門町の小間物問屋の弁天屋……」

「ええ。ですが、巳之吉は昔、日本橋の小間物屋の紅堂で働いていましてね。紅堂からも品物を仕入れていますよ」

小間物屋の旦那は告げた。

「日本橋の小間物屋の紅堂ですか……」

勇次は眉をひそめた。

「ええ。巳之吉、品物の纏《まと》まった数の注文の時は、紅堂に取り次いでいる筈《はず》でしてね」

小間物屋の旦那は読んだ。

「そうですか……」

小間物の行商人の巳之吉は、日本橋の小間物屋『紅堂』と深い拘わりがあるようだ。

勇次は知った。

「そうか。小間物の行商人の巳之吉か……」

和馬は眉をひそめた。

「ええ。殺されたおまちと拘わりがあったと思われる者で未だ行方《ゆくえ》の摑めないのは、今の処、その巳之吉だけでしてね……」

　幸吉は告げた。

「うむ。それにしても柳橋の。巳之吉、勇次と新八が長屋に行った時には、既に姿を消していたんだな」

「ええ。それからずっと勇次と新八が帰るのを見張っているんですが……」

「帰らないか……」

「ええ。ひょっとしたら巳之吉、あっしたちの動きに気が付いて……」

　幸吉は眉をひそめた。

「柳橋の。もし、そうだとしたら、巳之吉はどうして気が付いたのかな……」

　和馬は首を捻った。

「そこなんですよねえ……」

「ま、何れにしろ、巳之吉を見付けるしかないのだろうな」

「ええ……」

　幸吉は頷いた。

　おかみさんは古地蔵に手を合わせ、幼い子供の手を引いて買い物に行った。

新八は、木戸の陰で張り込み続けていた。

巳之吉は、未だ帰って来なかった。

新八は、流石《さすが》に張り込みに疲れて来ていた。

派手な半纏《はんてん》を着た男と浪人が現れ、お地蔵長屋を見廻した。

何だ……。

新八は、木戸の陰から見守った。

派手な半纏を着た男は、浪人を残して巳之吉の家に近付き、中の様子を窺った。

そして、変わった事のないのを見定め、浪人の許に戻って笑みを浮かべて何事かを告げた。

浪人は、嘲りを浮かべて頷き、お地蔵長屋から出て行った。

よし……。

新八は、派手な半纏を着た男と浪人を追った。

お地蔵長屋のある神田連雀町は、神田八つ小路に近かった。

派手な半纏の男と浪人は、神田八つ小路を神田川に架かっている昌平橋《しょうへいばし》に向かった。

新八は尾行た。

昌平橋を渡った派手な半纏の男と浪人は、明神下《みょうじんした》の通りを進み、地廻《じまわ》りの明神《みょうじん》一家に入った。

新八は見届けた。

派手な半纏の男と浪人は、地廻りの明神一家の者なのだ。

新八は見定めた。

小間物の行商人の巳之吉は、地廻りの明神一家と何らかの拘わりがある……。

新八は知った。


日本橋通南に小間物屋『紅堂』はあった。

勇次は、斜向かいのお店の軒下から小間物屋『紅堂』を眺めた。

小間物屋『紅堂』は、様々な品物を十日毎《ごと》に安売りをして女客で賑わっていた。

主の吉五郎は、商売上手の遣り手だと専《もっぱ》らの評判だった。

小間物の行商人の巳之吉は、小間物屋『紅堂』に奉公していた事があり、品物を廻して貰っていた。

勇次は、小間物屋『紅堂』を訪れた。

小間物屋『紅堂』の店内には、白粉《おしろい》の香りが漂っていた。

勇次は、帳場の端に腰掛けて出された茶を啜った。

「お待たせしました。番頭の八兵衛《はちべえ》にございます」

白髪《しらが》混じりの番頭の八兵衛が、勇次の許にやって来た。

「あっしは岡っ引の柳橋の幸吉の身内で、勇次と申します」

「はい。行商人の巳之吉の事で何か……」

八兵衛は、賑わう店を横目に勇次を促した。

「はい。巳之吉、此処二、三日の間に此方に来ていますか……」

勇次は尋ねた。

「いいえ。此処の処、来ちゃあいないと思いますが……」

「そうですか。で、巳之吉、商売の方はどうでしたか……」

「さあて。ま、巳之吉は口八丁手八丁ですが、どうにも心がありませんでしてね
……」

八兵衛は、微かな蔑《さげす》みを滲《にじ》ませた。

「へえ。心がありませんか……」

「ええ。女にも手が早く、行商先のお内儀さんや娘さんに手を出し、いろいろ揉め事の多い奴ですよ」

八兵衛は、呆れたように告げた。

「その揉めた女に池之端の常磐津の師匠のおまちさんってのはおりませんでしたかね」

「常磐津の師匠のおまちさん……」

八兵衛は眉をひそめた。

「ええ……」

「聞いた事があるような、ないような……」

八兵衛は首を捻った。

「そうですか……」

「巳之吉、その常磐津の師匠のおまちさんとも情を通じて揉めているんですか……」

八兵衛は苦笑した。

「いえ。そこ迄は分からないんですがね。巳之吉、行方が分からないんですよ」

「行方が分からない……」

八兵衛は驚いた。

「ええ。番頭さん、何処に行ったか、心当たりはありませんか……」

「さあて。ですが、巳之吉の事ですから何処かの情婦《おんな》の処に居続けているんじゃあないんですか……」

八兵衛は嘲笑《ちょうしょう》した。

「情婦の処にねえ……」

常磐津の師匠のおまちを殺した後、他の情婦の処に逃げ込んでいるのか……。

勇次は、想いを巡らせた。

「じゃあ番頭さん……」

羽織を着た初老の男が、奥から出て来た。

「これは旦那さま……」

「ちょいと出掛けて来ますよ」

羽織を着た初老の男は、小間物屋『紅堂』の旦那の吉五郎……。

勇次は知った。

「はい。お気を付けて。ちょいと失礼……」

八兵衛は、勇次に断わりを入れて出掛ける吉五郎を見送りに行った。

小間物屋『紅堂』吉五郎……。

勇次は、冷たくなった茶を啜った。

三

八丁堀岡崎町に昼下がりの静けさが訪れた。

浪人の岡田準之助は、武家屋敷の路地から斜向かいの秋山屋敷を見張り続けていた。

太市は見守っていた。

「おい。何をしている……」

着流しの武士が背後に現れ、胡散臭《うさんくさ》そうに岡田に怒鳴った。

「あっ。いえ、別に……」

岡田は狼狽《うろた》えた。

「おのれ、怪しい奴。八丁堀でこそこそ立ち廻るとは良い度胸だ。ちょっと来い」

着流しの武士は、岡田を捕まえようと手を伸ばした。

岡田は、咄嗟《とっさ》に着流しの武士の手を払った。

着流しの武士は、よろめき後退した。岡田は、猛然と楓川の方に逃げた。

太市は追った。


浪人の岡田準之助は、楓川に架かっている越中殿橋の欄干《らんかん》に縋《すが》り、激しく乱れた息を鳴らした。

太市は見守った。

岡田は、乱れた息を整えて八丁堀を振り返った。そして、悔しそうに肩を落とし、重い足取りで楓川沿いを日本橋川に向かった。

太市は追った。


明神下の通りは、神田川に架かっている昌平橋と不忍池を結び、多くの人が行き交っていた。

新八は、地廻りの明神一家を見張っていた。

浪人が、昌平橋から明神下の通りを足早にやって来た。

新八は、物陰に身を潜めて足早に来る浪人を見守った。

浪人の背後から太市がやって来た。

太市さんだ……。

新八は緊張した。

浪人は、足早に地廻りの明神一家に入って行った。

太市は見届けた。

新八は、何気なく太市に近付いた。

「太市さん……」

「おう。新八か……」

「地廻りの明神一家に入って行った浪人、何者ですか……」

新八は、地廻りの明神一家を示した。

「うん。岡田準之助って食詰でな。昨夜からお屋敷を見張っている野郎だ」

太市は苦笑した。

「へえ。秋山さまのお屋敷を見張るとは……」

新八は呆れた。

「で、新八は……」

「はい。常磐津の師匠のおまち殺しに拘りのある巳之吉って小間物の行商人を追っているんですが、行方を晦《くら》ましましてね。家に張り込んでいたら地廻りと浪人が来て……」

「追ったら此処に来たか……」

太市は読んだ。

「ええ……」

新八は頷いた。

「秋山さまのお屋敷を見張る岡田と、常磐津の師匠殺しに拘りのある小間物の行商人の家に来た地廻りと浪人か……」

何か拘りがあるのか……。

太市は眉をひそめた。

「太市さん……」

新八は、地廻りの明神一家を示した。

赤ら顔の肥った男が、岡田準之助と巳之吉の家に来た浪人と派手な半纏の男を従え、地廻りの明神一家から出て来た。

「あの、赤ら顔の肥った野郎は……」

太市は尋ねた。

「明神一家の元締め、明神の彦六《ひころく》ですぜ」

新八は告げた。

「野郎が明神の彦六か……」

太市は苦笑した。

「ええ……」

明神の彦六は、岡田たち二人の浪人と派手な半纏を着た男を従え、明神下の通りを不忍池に向かった。

「じゃあな……」

太市は、明神の彦六たちを追った。

「あっしも行きます」

新八は続いた。


不忍池には水鳥が遊び、水面《みなも》には波紋が幾重にも広がっていた。

地廻りの明神一家の元締め彦六は、岡田準之助たち二人の浪人と派手な半纏の男を従えて不忍池の畔を仁王門前町《におうもんぜんちょう》に進んだ。

太市と新八は追った。

仁王門前町の料理屋『笹乃井《ささのい》』は賑わっていた。

明神の彦六は、岡田準之助たち二人の浪人と派手な半纏を着た男を従え、料理屋『笹乃井』の暖簾を潜った。

太市と新八は見届けた。

「明神の彦六、子分と飯を食いに来た訳じゃあないだろうな」

太市は苦笑した。

「ええ。誰かと逢うのかもしれませんね」

新八は読んだ。

「うん。そいつが誰なのか……」

太市は、料理屋『笹乃井』を眺めた。

料理屋『笹乃井』には、客が出入りしていた。

羽織を着たお店の旦那らしい男が、下谷広小路《したやひろこうじ》からやって来た。

「あれ……」

太市は、微かな戸惑いを浮かべた。

「知っている人ですか……」

新八は尋ねた。

「ああ。あのお店の旦那、確か日本橋通南の紅堂って小間物屋の吉五郎って旦那だよ」

太市は、料理屋『笹乃井』に入って行くお店の旦那が小間物屋『紅堂』の吉五郎だと気が付いた。

「小間物屋紅堂の吉五郎旦那……」

新八は、微かな困惑を覚えた。

小間物屋『紅堂』吉五郎は、地廻りの明神の彦六の相手なのか……。

もし、そうなら行方知れずの小間物の行商人の巳之吉と、小間物屋『紅堂』吉五郎は何らかの拘りがあるのかもしれない。

新八は読んだ。

「ああ。吉五郎旦那と明神の彦六に拘りがあるのかないのか……」

太市は頷いた。

「笹乃井の女将さんに訊いてみますか……」

「それしかないようだな……」

太市と新八は、料理屋『笹乃井』に向かった。

「えっ。明神の彦六親分ですか……」

料理屋『笹乃井』の女将は眉をひそめた。

「ええ。彦六親分、誰かと逢っているんですかね」

新八は尋ねた。

「さあ、お客さまの事は……」

女将は、迷惑そうに言葉を濁した。

「女将さん、手前は南町奉行所吟味方与力の秋山久蔵さまの家の者ですが、教えては頂けませんか……」

太市は笑い掛けた。

「えっ。南の御番所の秋山久蔵さま……」

女将は驚き、戸惑った。

「ええ。もし、どうしても教えられないと仰《おつしや》るなら、主の秋山久蔵が女将さんを南町奉行所に呼び出す事になると思いますが……」

太市は、笑顔で脅した。

「そ、それには及びません……」

女将は狼狽えた。

「じゃあ……」

太市は促した。

「地廻りの明神の彦六親分は、日本橋の紅堂って小間物屋の吉五郎旦那と逢っていますよ」

女将は告げた。

「太市さん……」

「ああ……」

太市は、厳しい面持ちで頷いた。

小間物屋『紅堂』吉五郎は、地廻りの明神の彦六や秋山屋敷を見張る岡田準之助と逢っている。

それは、何を意味するのか……。

太市は読んだ。

岡田準之助は、小間物屋『紅堂』吉五郎に頼まれた地廻り明神の彦六の指図で秋山屋敷を見張っていたのか……。

太市は緊張した。

半刻(一時間)が過ぎた。

小間物屋『紅堂』吉五郎が女将や仲居に見送られ、料理屋『笹乃井』から出て来た。

太市と新八は見守った。

吉五郎は、下谷広小路に向かった。

日本橋通南の小間物屋『紅堂』に帰る……。

太市は睨んだ。

「どうします……」

新八は、太市の出方を窺った。

「吉五郎は紅堂に帰るのだろう。浪人の岡田準之助を追うよ」

「そうですか……」

新八は頷いた。

吉五郎は、下谷広小路の雑踏に立ち去って行った。

「新八……」

太市は、料理屋『笹乃井』を示した。

地廻り明神の彦六が、岡田準之助たち二人の浪人と派手な半纏を着た男を従え、『笹乃井』から出て来た。

太市と新八は見守った。

彦六は、岡田準之助たち二人の浪人と派手な半纏を着た男に何事かを告げ、下谷広小路に向かった。

岡田たち二人の浪人と派手な半纏を着た男は頷き、下谷広小路の雑踏に立ち去って行く彦六を見送った。

「どうします……」

新八は眉をひそめた。

「彦六は明神下の家に帰るんだろう」

太市は読んだ。

「じゃあ……」

「岡田たちは、彦六の指図で此れから何かする筈だ。そいつを見届けるよ」

太市は告げた。

岡田たち二人の浪人と派手な半纏を着た男は、下谷広小路とは反対側の谷中《やなか》に向かった。

「あっしもそうします」

新八は、岡田たちを見詰めながら頷いた。

「よし……」

太市と新八は、谷中に向かう岡田準之助たち二人の浪人と派手な半纏を着た男を追った。

不忍池の東の畔から上野山沿いを北に進むと、天王寺《てんのうじ》といろは茶屋で名高い谷中に出る。

谷中は寺町であり、様々な寺が山門を連ねていた。

岡田準之助たち二人の浪人と半纏を着た男は、寺町を進んで外れにある古寺の山門を潜った。

太市と新八は見届けた。

古寺の山門には、『行覚寺』と書かれた古い扁額《へんがく》が掲げられていた。

「太市さん、奴ら本堂の裏に廻って行きましたよ」

新八は、山門の陰から境内《けいだい》を覗いていた。

「よし……」

太市と新八は、荒れている境内を走って本堂の裏手に廻った。

本堂の裏には家作があった。

太市と新八は、本堂の縁の下に潜んで家作を窺った。

家作の雨戸が乱暴に開けられ、浪人の岡田が顔を出して辺りを見廻した。

「岡田……」

もう一人の浪人が、岡田の傍に来た。

「何だ、北島《きたじま》……」

岡田は迎えた。

「居間にはいない……」

北島と呼ばれたもう一人の浪人が告げた。

「座敷にもだ……」

岡田は告げた。

「野郎、縄を解いて逃げ出したか……」

「ああ。荷物を残したままな。萬吉《まんきち》、納戸にもいねえか……」

岡田は、家作の奥に怒鳴った。

どうやら、派手な半纏を着た男の名は、萬吉のようだ。

太市と新八は、本堂の縁の下に潜んで見守った。

「誰かを閉じ込めていたようですね」

新八は読んだ。

「うん。で、逃げられた……」

太市は頷いた。

「太市さん、逃げた奴、ひょっとしたら……」

新八は眉をひそめた。

「小間物の行商人の巳之吉か……」

太市は頷いた。

「ええ……」

北島、岡田、萬吉が家作から出て来た。

「萬吉、俺と岡田は辺りを捜してみる。お前は彦六の元締めに報せろ」

北島は命じた。

「はい。じゃあ……」

萬吉は、家作から出て行った。

「酒浸りの生臭坊主、見張りも満足に出来ねえか……」

北島は腹立たし気に吐き棄て、岡田と家作を出て行覚寺《ぎょうかくじ》を後にした。

「岡田と北島を見張れ、俺は住職を押さえて幸吉の親分に報せを走らせる」

太市は告げた。

「合点です」

新八は、岡田と北島の二人の浪人を追った。

太市は、庫裏《くり》に向かった。


庫裏の囲炉裏《いろり》では薪が燻《くすぶ》っていた。

住職と思われる中年の坊主は、囲炉裏端で一升徳利を抱えて酔い潰れていた。

「酒浸りの生臭坊主か……」

太市は苦笑し、庫裏を見廻した。

庫裏の中は乱れ、満足な掃除や片付けもされていなかった。

どうやら寺男も逃げ出し、中年の坊主が一人で暮らしているようだった。

中年の坊主は、鼾《いびき》を掻《か》いて眠り込んでいた。

太市は、中年の坊主の手足を手際良く縛り上げた。

中年の坊主は、縛られたのにも拘わらず眠り続けた。

太市は苦笑した。

柳橋の幸吉は太市の報せを受け、雲海坊《うんかいぼう》と由松《よしまつ》に地廻り明神の彦六の家を見張らせ、清吉を従えて谷中の行覚寺に駆け付けた。

太市は、縛り上げた生臭坊主の慈恵《じけい》と家作で待っていた。

「御苦労さまです。幸吉の親分……」

太市は迎えた。

「やあ。太市、報せをありがとうな」

幸吉は礼を述べた。

「いいえ。で、此の酔っ払いが行覚寺の慈恵って生臭坊主です」

太市は、縛り上げた生臭坊主の慈恵を幸吉の前に突き出した。

「さあて、慈恵。地廻りの元締め、明神の彦六は此処に誰を閉じ込めていたんだい……」

幸吉は、座敷にある小間物の荷物と解かれた縄を一瞥して慈恵に笑い掛けた。

「み、巳之吉、小間物屋の巳之吉だ……」

慈恵は、酔いを残した顔で告げた。

「巳之吉ってのは、小間物の行商人の巳之吉だな」

幸吉は念を押した。

「ああ。巳之吉だ……」

慈恵は頷いた。

「で、巳之吉が逃げ、彦六の用心棒の岡田と北島って浪人が捜しに行きましてね。新八が首尾を見届けようと尾行ています」

太市は告げた。

「そうか。で、彦六は仁王門前町の料理屋笹乃井で日本橋の小間物屋紅堂の吉五郎と逢ったんだな」

「ええ。で、彦六は岡田と北島たちを此処に寄越した。処が閉じ込められていた巳之吉は縄を解いて逃げ出していたって訳です」

太市は読み、苦笑した。

「良く分かった。太市、後は引き受けた」

「はい。じゃあ、あっしは此れで……」

「処で太市、お前どうして……」

「岡田って食詰浪人が昨夜からお屋敷を見張っていましてね。旦那さまの云い付けで泳がしていたんですよ」

太市は笑った。

「何、秋山さまのお屋敷を……」

幸吉は驚き、戸惑った。

明神下の地廻り彦六の家は、雲海坊と由松の監視下に置かれていた。

浪人の北島と岡田は、疲れた足取りで彦六の家に戻って来た。

新八が追って現れた。

雲海坊は、錫杖《しやくじよう》の環を日差しに翳《かざ》して光らせた。

新八は、雲海坊と由松に気が付いて駆け寄った。

「雲海坊さん、由松さん……」

「おう。御苦労さん……」

雲海坊は労《ねぎら》った。

「食詰浪人共、何をしていたんだ」

「そいつが、どうやら小間物の行商人の巳之吉を閉じ込めていたようなんですが、逃げられて捜し廻っていましたよ」

新八は報せた。

「で、見付からなかったか……」

由松は、嘲りを浮かべた。

「ええ……」

「よし。で、彦六がどう動くかだな」

雲海坊は、楽し気に笑った。

「そうか。小間物の行商人の巳之吉は、地廻りの彦六共に捕えられ、谷中の寺に閉じ込められていたか……」

久蔵は、笑みを浮かべた。

「はい。今、彦六の処の者たちが捜していますが、幸吉親分も……」

太市は告げた。

「捜し始めるか……」

「はい……」

太市は頷いた。

「それにしても秋山さま、彦六が何故に巳之吉を捕え、谷中の寺に……」

和馬は眉をひそめた。

「うむ。して太市、彦六たちは仁王門前町の料理屋の笹乃井に行ったのだな」

「はい。で、笹乃井で小間物屋紅堂の吉五郎さんと……」

太市は告げた。

「吉五郎と逢ったのか……」

「はい……」

「成る程、そう云う事か……」

久蔵は、冷笑を浮かべた。

「旦那さま……」

太市は戸惑った。

「和馬、柳橋と一緒に紅堂の吉五郎を見張れ」

久蔵は命じた。

「吉五郎を。秋山さま、巳之吉は……」

和馬は眉をひそめた。

「巳之吉は、おそらく紅堂の吉五郎の処に現れる……」

久蔵は、楽しそうに云い放った。

四

明神の彦六は、手下の萬吉、浪人の北島と岡田を従えて明神下の家を出た。

「由松……」

雲海坊は、由松を促した。

「はい……」

由松は頷き、明神の彦六たちを追った。

雲海坊は続いた。


和馬は、幸吉と相談して新八と清吉に巳之吉の足取りを追わせ、幸吉や勇次と日本橋の小間物屋『紅堂』を秘かに見張った。

小間物屋『紅堂』は、相変わらず女客で賑わっていた。

「秋山さまの睨みでは、巳之吉は小間物屋紅堂の吉五郎の許に現れるそうだ……」

和馬は、久蔵の睨みを告げた。

「じゃあ、紅堂の吉五郎も常磐津の師匠のおまち殺しと拘わりがあるんですかね」

幸吉は眉をひそめた。

「和馬の旦那、親分……」

勇次が日本橋の方を示した。

日本橋の方から明神の彦六、萬吉、北島と岡田が現れ、背後から由松と雲海坊が来るのが見えた。

「明神の彦六ですぜ」

勇次は報せた。

「ああ……」

和馬、幸吉、勇次は、物陰から見守った。

明神の彦六、萬吉、北島、岡田は、小間物屋『紅堂』の裏手に廻って行った。

勇次が由松と雲海坊に駆け寄り、和馬と幸吉の許に誘《いざな》って来た。

「こりゃあ和馬の旦那……」

由松と雲海坊は、和馬に挨拶をした。

「おう。御苦労だな……」

和馬は労った。

「いえ。明神の彦六の野郎、巳之吉に逃げられ、見付からないと知り、慌てて此処に来たようですぜ」

雲海坊は苦笑した。

「そうか……」

和馬は頷いた。

陽は西に大きく傾き、賑わう日本橋通南の往来を照らし始めた。

日は暮れた。

日本橋通南に連なる店は大戸を閉め、通りを行き交う人々は途絶えた。

小間物屋『紅堂』は大戸を閉め、既に店仕舞いをしていた。

おそらく店の中では、浪人の北島と岡田が警戒をしている筈だ。

和馬と幸吉は読んだ。

新八と清吉は、巳之吉を探し出せないまま幸吉たちの許にやって来た。

和馬と幸吉は、小間物屋『紅堂』の裏手に勇次、由松、新八をやり、店の表を雲海坊や清吉と見張った。

刻が過ぎ、夜は更けた。

日本橋通南の家々は眠りに沈んだ。

小間物屋『紅堂』は、闇に覆われていた。

和馬、幸吉、雲海坊、清吉は小間物屋『紅堂』と日本橋通南の往来を見張った。

勇次、由松、新八は、小間物屋『紅堂』の裏手を垣根越しに見張り続けた。

小間物屋『紅堂』の裏手は、浪人の岡田と萬吉が出入りしていた。

「野郎、誰かが来るのを警戒していやがる」

由松は、嘲りを浮かべた。

「ええ。きっと巳之吉が来ると思っているんでしょうね……」

「ああ……」

勇次は睨んだ。

由松は頷いた。

「由松さん、勇次の兄貴……」

新八は、闇の奥から現れた人影を示した。

由松と勇次は、闇から現れた人影を見た。
菅笠《すげがさ》を目深《まぶか》に被った男……。
勇次は十手、由松は角手《かくて》、新八は萬力鎖《まんりきぐさり》を緊張した面持ちで握り締めた。
菅笠を目深に被った男は、辺りを警戒しながら小間物屋『紅堂』に忍び寄って来る。
勇次、由松、新八は、息を詰めて見守った。
菅笠を目深に被った男は、小間物屋『紅堂』の裏の垣根を乗り越えようとした。
「誰だ……」
小間物屋『紅堂』の裏手から萬吉の声が響いた。
菅笠を目深に被った男は、慌てて身を翻《ひるがえ》して逃げた。
勇次と新八は弾かれたように暗がりから跳び出し、菅笠を目深に被った男を追った。
馬鹿野郎が騒ぎ立てやがって……。
由松は、小間物屋『紅堂』の裏手にいる萬吉を一睨みし、勇次と新八に続いた。
日本橋通南に連なる町は寝静まっていた。

菅笠を目深に被った男は、寝静まった町を楓川に向かって逃げた。
勇次、新八、由松は追った。
菅笠を目深に被った男は、楓川に架かっている新場橋を渡ろうとした。
着流しの久蔵が、新場橋の袂に現れた。
菅笠を目深に被った男は立ち止まり、背後を振り返った。
勇次、新八、由松が、得物《えもの》を手にして背後に迫った。
菅笠を目深に被った男は、匕首《あいくち》を抜いて勇次、新八、由松に突っ込んだ。
新八が萬力鎖を放った。
萬力鎖の分銅が、男の目深に被った菅笠を弾き飛ばした。
男は、顔を晒《さら》して後退《あとずさ》りした。
「無駄な真似はするんじゃあねえ」
着流しの久蔵は、厳しく一喝した。
男は怯《ひる》んだ。
「小間物の行商人の巳之吉だな……」
久蔵は、怯んだ男を厳しく見据えた。
「ああ……」

巳之吉は、怯《おび》えた顔で喉を鳴らして頷いた。

「巳之吉、俺は南町奉行所の秋山久蔵だ……」

久蔵は、巳之吉に笑い掛けた。

「あ、秋山久蔵さま……」

巳之吉は驚き、戸惑った。

「巳之吉、お前が常磐津の師匠のおまちを殺《あや》めたのか……」

久蔵は尋ねた。

「違います。手前じゃありません。手前はおまちを殺しちゃあおりません」

巳之吉は、必死の面持ちで訴えた。

「そいつに嘘偽りはないだろうな」

久蔵は苦笑した。

「はい。手前は小間物屋紅堂の旦那の吉五郎に騙《だま》されたんです」

巳之吉は、悲痛に叫んだ。

「よし。ならば、匕首を棄てて神妙にするんだな……」

久蔵は命じた。

「は、はい……」

巳之吉は、構えていた匕首を降ろした。

勇次と新八が巳之吉を素早く押さえ、由松が匕首を取り上げた。

巳之吉は抗《あらが》わなかった。

「よし。詳しい事は大番屋で聞かせて貰うよ。勇次、縄は打たなくても良いだろう」

久蔵は笑った。

「はい。じゃあ……」

勇次は、新八や由松と巳之吉を南茅場町《みなみかやばちょう》の大番屋に引き立てた。

巳之吉は、憑《つ》き物が落ちたような面持ちで引き立てられて行った。

久蔵は、小間物屋『紅堂』の表に向かった。

小間物屋『紅堂』は、夜の静けさに身を縮めていた。

久蔵は、和馬、幸吉、雲海坊、清吉の許に近付いた。

「秋山さま……」

和馬、幸吉、雲海坊、清吉は、久蔵に駆け寄った。

「和馬、柳橋の。勇次と由松、新八が小間物の行商人の巳之吉を大番屋に引き立

張りを付けておけ……」

　久蔵は命じた。


てた」

「そうですか……」

「うむ。それでだ和馬、柳橋の。紅堂の吉五郎が動くかもしれない。引き続き見
張りを付けておけ……」

　久蔵は命じた。


　小間物屋『紅堂』主の吉五郎は、勇次、由松、新八、清吉の監視下に置かれた。

　久蔵は、和馬や幸吉と大番屋で巳之吉の詮議を始めた。

　巳之吉は、冷たい壁に映えて揺れる燭台の火と血の臭いの漂う詮議場に怯えた。

「さあて、巳之吉、お前と殺された常磐津のおまちはどう云う拘わりなのかな
……」

　久蔵は、土間に引き据えた巳之吉を厳しく見下ろした。

「は、はい。おまちさんは馴染客で、遊びで情を交わしていた仲です」

　巳之吉は項垂《うなだ》れた。

「ほう。遊びでな……」

　久蔵は苦笑した。

「はい。おまちにも情夫《おとこ》はいろいろ大勢いますが、手前にも情婦《おんな》はおまちの他にもおりまして……」

「お互いに遊びだった訳か……」

「はい。ですから、色欲で揉めて殺すなんて事は……」

巳之吉は首を捻った。

「あり得ないか……」

久蔵は笑った。

「はい。左様にございます」

巳之吉は頷いた。

「ならば、どうして身を隠したのだ」

久蔵は、巳之吉に笑い掛けた。

「秋山さま、手前は身を隠したのではありません。紅堂の吉五郎旦那に呼び出されて行った処、地廻りの明神の彦六の用心棒と子分たちがいて、いきなり殴り蹴られて谷中の寺に閉じ込められたのでございます」

巳之吉は、腹立たし気に告げた。

「吉五郎に呼び出されたか……」

「はい。吉五郎の旦那には、日頃お世話になっており、断れなくて……」

巳之吉は、悔しさを滲ませた。

「そうか。ならば、おまちと紅堂の吉五郎の拘わりは……」

「はい。おまちは金で割り切って吉五郎の旦那に抱かれていました」

巳之吉は告げた。

「金で割り切ってな……」

「はい。でも近頃、おまちは吉五郎の旦那が金払いが悪くなったと、ぼやいていましたよ」

「そうか。それで揉めて、大昔にやられた事をやり返したか……」

久蔵は苦笑した。

「それにしても秋山さま、吉五郎の旦那、手前をどうする気だったんですかね」

巳之吉は眉をひそめた。

「お前に首を吊らせ、おまち殺しの犯人に仕立てる魂胆だった」

「やっぱり。吉五郎の野郎……」

巳之吉は、怒りを露《あら》わにした。

「よし。和馬、柳橋の。紅堂の吉五郎をお縄にする」

久蔵は、苦笑しながら云い放った。

燭台の火は、冷たい壁に映えて揺れた。


夜明けが近付いた。

小間物屋『紅堂』の大戸の潜り戸が開いた。

萬吉が浪人の北島や岡田と現れ、薄暗い往来を見廻した。そして、不審はないと見定め、潜り戸から店内に何事かを告げた。

地廻りの明神の彦六が、小間物屋『紅堂』吉五郎と潜り戸から出て来た。

吉五郎、彦六、萬吉、北島、岡田は、足早に日本橋に向かった。

由松、勇次、新八、清吉が物陰から現れた。

「よし、清吉、秋山さまと親分に報せな」

勇次は命じた。

「合点です」

清吉は、路地に走り込んだ。

「よし。追うぞ……」

由松は、勇次と新八を促して吉五郎や彦六たちを追った。

東の空に陽が昇り始めた。

吉五郎は、彦六、萬吉、北島、岡田たちに護られて日本橋に差し掛かった。

先頭の萬吉は、日本橋を見詰めながら怪訝《けげん》な面持ちで立ち止まった。

彦六、吉五郎、北島、岡田も立ち止まって怪訝に日本橋を見た。

久蔵が、日本橋の上に佇《たたず》んでいた。

「あ、秋山さま……」

吉五郎は狼狽えた。

「やあ。吉五郎、朝早くから何処に行くのかな……」

久蔵は、笑い掛けた。

吉五郎は後退りした。

彦六、萬吉、北島、岡田が慌てて辺りを見廻した。

高札場から和馬、幸吉、雲海坊、清吉が現れ、背後から由松、勇次、新八がやって来た。

彦六、萬吉、北島、岡田は身構えた。

「小間物屋紅堂吉五郎、常磐津の師匠おまち殺害の罪でお縄にする。神妙に致せ」

和馬は告げた。

「そ、そんな。おまちを殺したのは巳之吉です。小間物の行商人の巳之吉が殺したんです」

「ならば何故、巳之吉を捕えて谷中の行覚寺に閉じ込めたのだ」

和馬は、厳しく追及した。

「それは……」

吉五郎は、言葉に詰まった。

「巳之吉を殺して首吊りにでも見せ掛け、おまち殺しの犯人に仕立てあげるか……」

久蔵は、吉五郎に笑い掛けた。

「秋山さま……」

「吉五郎、大昔、やはり小間物の行商人が小間物問屋の主に利用され、人殺しにされかけた事があったのを覚えているな」

久蔵は、吉五郎を厳しく見据えた。

「それは……」

吉五郎は、苦しそうに言葉を濁した。

「その時、小間物問屋の主が真犯人だと突き止め、小間物の行商人を助けてやったのだが、後年、その時の行商人が同じ真似をするとは呆れたものだな」

久蔵は冷笑した。

吉五郎は、項垂れてその場に崩れた。

「地廻り明神の彦六と一味の者共、巳之吉を閉じ込め、殺そうとしたのは既に露見している。神妙にしろ」

和馬は怒鳴った。

幸吉、雲海坊、由松、勇次、新八、清吉が彦六、萬吉、北島、岡田を素早く取り囲んだ。

「おのれ……」

北島は、刀を抜いて囲みを破ろうとした。

和馬は、斬《き》り掛かる北島の刀を十手で叩き飛ばした。

由松は、北島の刀を握る手首を角手を嵌《は》めた手で摑んで捻り上げた。

北島は、角手を嵌めた手で摑まれた手首から血を流し、刀を落として仰《の》け反《ぞ》った。

由松は、仰け反った北島を殴り飛ばした。

北島は倒れた。

新八と清吉が跳び掛かり、北島を殴り蹴って捕り縄を打った。

「明神の彦六、手向かえば容赦はしねえぞ」

幸吉は、鋭く云い放った。

岡田は刀を鞘《さや》ごと差し出し、萬吉は覚悟を決めて座り込んだ。

彦六は立ち尽くした。

勇次が彦六に捕り縄を打ち、新八と清吉が萬吉と岡田をお縄にした。

「さあて、吉五郎。お前さんも此れ迄だ。南無大師遍照金剛……」

雲海坊は、経を読みながら吉五郎に捕り縄を打った。

「吉五郎。何故、大昔の小間物問屋の旦那の真似事をしたのか、大番屋でゆっくり聞かせて貰うよ」

久蔵は、吉五郎を冷たく蔑んだ。

小間物屋『紅堂』主の吉五郎は常磐津の師匠おまちと金で揉めて殺し、巳之吉を犯人に仕立て上げて自害に見せ掛けて殺そうとしたのを認めた。

久蔵は、吉五郎と地廻り明神の彦六を死罪に処し、萬吉と浪人の北島や岡田を遠島《えんとう》の刑にし、小間物の行商人の巳之吉を放免した。

「巳之吉、女遊びも程々にするんだな」

久蔵は苦笑した。

「それはもう。肝に銘じます。ありがとうございました」

巳之吉は、深々と頭を下げた。常磐津の師匠おまち殺しは落着した。

「それにしても、昔、自分が陥れられ掛けた事件の真似をするとは……」

和馬は、腹立たしげに吐き棄てた。

「人ってのは、金持ちになり立場が変われば、下積みで苦労していた頃の事など忘れてしまう生き物なのかもしれないな……」

久蔵は苦笑した。

第二話

流人船

一

雨。

若い侍は、降り続く雨に濡れながら奇声を発して刀を振り廻した。

「若さま、お止め下さい、若さま……」

家来や奉公人たちが囲み、庭で暴れる若い侍を懸命に宥《なだ》めようとした。だが、若い侍は物の怪《け》に憑《つ》かれたような笑みを浮かべ、奇声を発して刀を振り廻した。

父親の初老の武士が刀を手にし、怒りを滲ませた面持ちで縁側にやって来た。

「主税《ちから》、乱心したか、刀を納めろ」

初老の武士は怒鳴った。

主税と呼ばれた若い侍は、嬉し気に嗤《わら》いながら刀を振り廻した。

家来の一人が肩を斬られ、血を飛ばして仰け反り倒れた。

「おのれ、主税……」

父親は、怒りを漲《みなぎ》らせて雨の降り続く中庭に下り、主税に近付いて刀を袈裟《けさ》懸《が》けに斬り下げた。

主税は、驚愕に眼を瞠《みは》って倒れ、絶命した。

父親は、絶命した主税を見据えて立ち尽くした。

血は雨に流された。

雨は、死んだ主税と立ち尽くす父親に容赦なく降り続いた。


大川に架かっている永代橋《えいたいばし》からは、江戸湊《えどみなと》を行き交う様々な船が眺められた。

南町奉行所定町廻り同心の神崎和馬は、岡っ引の柳橋の幸吉や下っ引の勇次と永代橋の西詰にある船番所で用を済まして出た。

長さ百二十八間の永代橋は深川と結んでおり、多くの人が行き交っていた。

和馬は、永代橋の中程に佇《たたず》んで江戸湊を眺めている粋《いき》な形《なり》の年増に気が付いた。

江戸湊には、遠島《えんとう》の刑に処せられた囚人を乗せた流人船《るにんぶね》が遠ざかって行った。

粋な形の年増は、永代橋の袂から見送る人々と離れ、遠ざかる流人船を眺めていた。

その横顔は、解《ほつ》れ毛を海風に揺らして淋し気だった。

見覚えのある顔……。

和馬は眉をひそめた。

「和馬の旦那……」

幸吉は、和馬に怪訝な眼を向けた。

「柳橋の、あの年増。見覚えないかな……」

「えっ……」

幸吉は、粋な形の年増を眺めた。

「あの女ですか……」

「うむ……」

「ああ。確かに何処かで見た顔ですね」

幸吉は、戸惑いを浮かべた。

「名前は思い出せないか……」

「ええ……」

和馬と幸吉は、粋な形の年増を見詰めた。

粋な形の年増は、諦めたように江戸湊から視線を逸《そ》らして深川に向かって歩き出した。

「勇次……」

幸吉は勇次を呼んだ。

「あの年増の名前と素姓ですか……」

勇次は、和馬と幸吉の話を聞いていた。

「ああ……」

幸吉は苦笑した。

「はい。じゃあ、御免なすって……」

勇次は、幸吉と和馬に会釈をして粋な形の年増を追った。

和馬と幸吉は見送り、江戸湊を眺めた。

流人船は、煌めく江戸湊を浦賀番所に向かって行った。

永代橋を東詰に渡った粋な形の年増は、大川沿いの道を油堀川《あぶらぼりがわ》、仙台堀と渡って深川小名木川《おなぎがわ》に出た。

勇次は、慎重に尾行《つけ》た。

粋な形の年増は、小名木川に架かっている万年橋を渡り、小名木川沿いを東に進み、六間堀《ろっけんぼり》に出た。そして、猿子橋、中ノ橋の袂を通り、北ノ橋を渡って北森下町に進んだ。

勇次は尾行た。

粋な形の年増は、五間堀《ごけんぼり》に架かる弥勒寺橋《みろくじばし》の袂にある路地の奥の小さな家に入った。

勇次は見届けた。

さあて、名前と素姓だ……。

勇次は、辺りを見廻した。

五間堀の向こうに弥勒寺の伽藍《がらん》が見えた。

「弥勒寺橋の袂の路地奥の家に住んでいる粋な形の年増ですか……」

北森下町の老木戸番は、家並の向こうに見える弥勒寺の伽藍を眺めた。

「ああ。知らないかな……」

勇次は尋ねた。

「弥勒寺橋の袂の路地奥の家なら、おそのさんかな……」

　老木戸番は首を捻った。

「おそのさん……」

「ええ。組紐や飾結び作りを生業《なりわい》にしている一人暮らしの浪人の後家さんでして
ね。普段は質素な形をしているんですが、時々、粋な形をして出掛ける事がある
とか。あっしは見た事がありませんけどね」

　老木戸番は告げた。

「そうですか。普段は質素で時々粋な形ですかい……」

「ああ……」

　粋な形の年増の名前はおその、浪人の後家で弥勒寺橋の袂の小さな家で組紐や
飾結び作りを生業にして一人で暮らしている。

　勇次は、名前と素姓を突き止め、おそのの家に戻った。

　弥勒寺橋の袂の路地の奥に、おそのの暮らす家はある。

　勇次は、おそのに変わりはないのを見定め、弥勒寺橋を渡って本所竪川《たてかわ》に抜け、
大川に架かっている両国橋を通って柳橋の船宿『笹舟』に帰る事にした。

勇次は、おそのの家のある路地に進んだ。

おそのの家のある弥勒寺橋の袂の路地から袖無し羽織を着た老武士が出て来た。

勇次は、咄嗟に足取りを遅くした。

老武士は、辺りを見廻して弥勒寺橋を渡り、去って行った。

勇次は、老武士を見送って路地を覗いた。

路地に変わった事はなく、路地の奥にある井戸端では中年のおかみさんが洗い物をしていた。

おそのが小さな家から現れ、中年のおかみさんと笑顔で言葉を交わし、水を汲《く》み始めた。

粋な形の年増だ……。

勇次は、質素な姿のおそのが粋な形の年増に違いないと見定めた。

陽は西に大きく沈み始めた。


神田川に架かっている柳橋は、神田川が大川に流れ込む前の最後の橋だ。

夕暮れ時、船宿『笹舟』は暖簾《のれん》を川風に揺らし、夜の忙しい時に向けて仕度をしていた。

「只今帰りました……」

勇次は、暖簾を潜った。

「あら、お帰りなさい……」

帳場にいた女将のお糸《いと》は、帳簿付けの手を止めて勇次を迎えた。

「親分と和馬の旦那が、親分の部屋で待っていますよ」

「はい……」

勇次は、店の帳場から母屋《おもや》の奥の幸吉の部屋に向かった。

お糸は、仲居を呼んで勇次の夕食を幸吉の部屋に運ぶように告げた。

勇次は、粋な形の年増の名と素姓を和馬と幸吉に報せ、お糸の用意してくれた夕食を食べ始めた。

「名前はおその、一人暮らしの浪人の後家さんか……」

和馬は眉をひそめた。

「そうか、おそのだ……」

幸吉は思い出した。

「はい……」

勇次は頷いた。

「柳橋の……」

和馬は、思い出せないのか首を捻った。

「和馬の旦那、思い出しましたよ。おそのは、十年前、旗本の若さまを殺そうとした博奕《ばくち》打ちの貸元と用心棒を斬り棄て、島流しになった浪人、高岡又四郎《たかおかまたしろう》の女房ですよ……」

幸吉は思い出した。

「島流しになった高岡又四郎の女房……」

和馬は、永代橋に佇んで江戸湊を行く流人船を見送る粋な形のおそのを思い出した。

「ええ。旗本の若さまが何処の誰か、一切洩らさず島流しになった……」

幸吉は頷いた。

「ああ。神道無念流《しんとうむねんりゅう》の遣い手の高岡又四郎の女房のおそのか……」

和馬は、漸《ようや》く思い出した。

「ええ。で、勇次、北森下町の木戸番は、おそのを浪人の後家さんだと云ったんだな」

幸吉は尋ねた。

「はい。違うんですか……」

勇次は、戸惑いを浮かべた。

「ああ。おそのの亭主、高岡又四郎は死んじゃあいなく、新島に島流しになっている」

幸吉は告げた。

「島流し……」

勇次は驚いた。

「ああ……」

「じゃあ、おその。亭主が島流しの凶状持《きょうじょうも》ちだと知られるのを恐れ、死んだ事にしてんですかね」

勇次は読んだ。

「かもしれないな……」

幸吉は頷いた。

「して勇次、おそのは組紐や飾結び作りを生業にして、弥勒寺橋の袂の路地奥の家で一人で暮らしているんだな」

和馬は尋ねた。

「はい。普段は質素な形で、時々粋な形をするとか……」

勇次は、木戸番に聞いた話を告げた。

「何故だ……」

和馬は眉をひそめた。

「さあ。そこ迄は……」

勇次は首を捻った。

「分からないか……」

和馬は、僅かに肩を落とした。

「気になりますか、和馬の旦那……」

幸吉は苦笑した。

「うむ。普段は質素な形で時々粋な形になるってのがな……」

「分かりました。じゃあ、暫《しばら》くおそのの様子を見守ってみますか……」

幸吉は頷いた。

「そうしてくれるか……」

「ええ。勇次、新八を付ける。明日から頼むぜ……」

幸吉は命じた。

「承知しました……」

勇次は頷いた。

「気を付けてな……」

和馬は、酒を飲んだ。

船宿『笹舟』には三味線の音色が響き、夜の賑わいが訪れ始めた。


読経が響いた。

弥勒寺の修行僧たちは隊列を組み、声を揃えて経を読みながら托鉢《たくはつ》に行った。

勇次と新八は、托鉢に行く修行僧たちと擦れ違い、五間堀に架かっている弥勒寺橋を渡って北森下町に入った。

「此の路地の奥の家だぜ……」

勇次は、路地の奥の小さな家を示した。

「はい。じゃあ、ちょいと裏の方がどうなっているか見て来ますか……」

新八は、勇次の指図を仰いだ。

「そうしてくれ。俺は張り込み場所を探す」

勇次は頷いた。

「はい。じゃあ……」

新八は、軽い足取りで路地に入って行った。

勇次は、通りを見廻し、張り込む場所を探した。


南町奉行所の用部屋の障子には、揺れる木洩れ日が映えていた。

「ほう。新島に島流しになった神道無念流の遣い手、高岡又四郎の女房のおその……」

久蔵は、かって斬り合い、浅手を負わせて制した高岡又四郎を覚えていた。

「はい。普段は組紐や飾結びを作り、質素に一人で暮らしているそうですが、私が見掛けた時は、粋な形をして永代橋から流人船を見送っていましてね……」

和馬は告げた。

「粋な形をして永代橋から流人船をか……」

久蔵は眉をひそめた。

浪人の高岡又四郎も島流しになり、永代橋から流人船に乗って去って行った。

おそのは、今でも高岡又四郎を慕っている。

久蔵は睨んだ。

「はい。して秋山さま、新島に島流しになった高岡又四郎、御赦免《ごしゃめん》には……」

〝御赦免〟とは、罪を許される事だ。

和馬は、高岡又四郎が御赦免で江戸に戻る事になり、おそのが待ち侘《わ》びているのかもしれないと読んだ。

「和馬。高岡又四郎、御赦免処か、今年の春、急な病で亡くなったそうだ」

久蔵は告げた。

「急な病で亡くなった……」

和馬は驚いた。

「ああ。報せはおそのにも行っている筈だ」

「そうでしたか。高岡又四郎、今年の春、病で亡くなっているのですか……」

和馬は眉をひそめた。

「うむ。で、和馬は気になるのか、おそのが……」

久蔵は苦笑した。

「はい。で、柳橋が、勇次と新八を張り付けてくれました」

和馬は報せた。

「そうか。和馬、ひょっとしたら、高岡又四郎に拘わる事で何かの企てがあり、おそのが絡んでいるのかもしれない……」

久蔵は読んだ。

「秋山さま……」

「和馬、暫くおそのから眼を離さない方が良いかもしれないな」

久蔵は、厳しさを過《よ》ぎらせた。

障子に映る木洩れ日は揺れ、眩《まぶ》しく煌めいた。

弥勒寺から僧侶の読経が流れていた。

勇次と新八は、荒物屋の納屋を借りて向かい側の路地の出入口を見張った。

僅かな刻が過ぎた。

「勇次の兄貴……」

格子窓を覗いていた新八が、居眠りをしていた勇次を呼んだ。

「おう。どうした……」

勇次は、素早く新八の傍に行き、格子窓から向かい側の路地を見た。

質素な形の年増が、風呂敷包みを抱えて路地から出て来た。

「おそのだ……」

勇次は見定めた。

「ええ……」

勇次と新八は見守った。

おそのは、辺りを見廻して五間堀に架かっている弥勒寺橋に向かった。

「追います……」

新八は、納屋を出た。

「俺も行くぜ」

勇次は続いた。


弥勒寺橋を渡ったおそのは、弥勒寺の山門前を通って本所竪川に進んだ。

新八と勇次は尾行た。

おそのは、本所竪川に架かっている二つ目之橋を渡り、大川に架かっている両国橋に向かった。

新八と勇次は、慎重に追った。

大川には様々な船が行き交っていた。

おそのは、大川に架かっている両国橋を進んだ。

両国橋の上からは、見世物小屋や露店、多くの人で賑わう両国広小路が見えた。

おそのは、風呂敷包みを抱えて両国橋を進んだ。

勇次と新八は追った。

両国橋を渡ったおそのは、両国広小路の雑踏を横切って米沢町《よねざわちょう》一丁目にある呉服屋『越乃屋《こしのや》』の暖簾を潜った。

勇次と新八は見届けた。

呉服屋『越乃屋』は、客で賑わっていた。

「着物を買いに来たんですかね」

新八は眉をひそめた。

「いや。出来上がった組紐や飾結びを納めに来たんだろう」

勇次は読んだ。

「そうか……」

新八は頷いた。

組紐や飾結びは、羽織や被布《ひふ》などの着物に使われる。

おそのは、注文を受けて組紐や飾結びを作って納めに来たのだ。

勇次と新八は、呉服屋『越乃屋』の帳場で老番頭に品物を見せているおそのを見守った。

老番頭とおそのは、笑顔で言葉を交わしていた。

どうやら、作って来た組紐と飾結びは好評のようだ。

勇次と新八は見守った。

おそのは、老番頭から紙に包んだ給金と新たな注文を貰って呉服屋『越乃屋』を出た。

「さあて、真っ直ぐ家に帰るのか、それとも何処かに行くのか……」

勇次と新八は、おそのを見守った。

おそのは家に帰らず、両国広小路から柳原通り《やなぎわらどお》りに向かった。

柳原通りは神田川沿いにあり、両国広小路と神田八つ小路を結んでいる。

おそのは、柳原通りを神田八つ小路に向かった。

勇次と新八は、慎重に尾行た。

柳原通りの柳並木は、吹き抜ける微風に緑の枝葉を一斉に揺らしていた。

浅草御門から新シ橋と和泉橋《いずみばし》の南詰……。

おそのは通り過ぎ、柳森稲荷《やなもりいなり》に曲がった。

「新八……」

勇次と新八は走った。

柳森稲荷に参拝客は少なかった。

勇次と新八は、柳森稲荷と鳥居がある空き地の出入口に立ち、おそのを探した。

柳森稲荷と鳥居の前の空き地には、飴細工売り、古道具屋、七味唐辛子売り、羅宇《らう》屋が並び、冷かし客が行き来していた。

おそのは、古道具屋の前で古い茶碗を見ながら何事か言葉を交わしていた。

「古茶碗でも買うんですかね……」

新八は、首を捻った。

「いや。誰かが来るのを待っているのかもな」

勇次は読んだ。

縞《しま》の半纏を着た男が現れ、おそのの隣にしゃがみ込んで古道具屋に話し掛けた。

古道具屋は、縞の半纏を着た男と話し始めた。

おそのは、縞の半纏を着た男が足元に置いた小さな紙包みを取り、素早く風呂敷に包んだ。

「勇次の兄貴……」

新八は見た。

「ああ。小さな紙包みだ」

勇次と新八は、おそのが縞の半纏を着た男から小さな紙包みを受け取るのを見定めた。

おそのは風呂敷包みを手にし、話している縞の半纏を着た男と古道具屋の傍からそれとなく離れた。

「どうします。おそのを追いますか……」

「頼む。俺は縞の半纏を着た奴を見張る……」

勇次は、新八におそのを追わせ、自分は縞の半纏を着た男を見張る事にした。

「承知……」

新八は、何気ない足取りでおそのに続いて柳森稲荷の空き地から出て行った。

勇次は見送り、縞の半纏を着た男を見た。

縞の半纏の男は、古道具屋と言葉を交わしながら、それとなくおそのを見送った。

勇次は、緊張して見守った。

縞の半纏を着た男は、古道具屋と何事か言葉を交わして立ち上がった。

勇次は、物陰に隠れた。

縞の半纏を着た男は、見守る勇次に気が付かず、柳森稲荷から出て行った。

よし……。

勇次は、何気ない面持ちで縞の半纏を着た男を追った。

縞の半纏を着た男は、柳原通りを神田八つ小路に進んだ。

勇次は、慎重に尾行た。

柳原通りの柳の緑の枝葉は揺れた。

二

両国広小路から両国橋を渡り、本所竪川沿いを東に進む……。

おそのは、竪川に架かっている二つ目之橋を渡り、弥勒寺の山門前に進んだ。

此のまま路地奥の家に帰るのか……。

新八は追った。

おそのは、小さな紙包みを入れた風呂敷包みを持って進んだ。

縞の半纏を着た男から渡された小さな紙包みには何が入っているのか……。

新八は、おそのが受け取った小さな紙包みの中身が気になった。

おそのは、弥勒寺山門前から五間堀に架かっている弥勒寺橋を渡った。


神田川に架かっている昌平橋は、神田八つ小路と不忍池を結び、多くの人が行き交っていた。

縞の半纏を着た男は、軽い足取りで昌平橋を渡って明神下の通りに進んだ。

勇次は追った。

縞の半纏を着た男は何者なのか……。

堅気じゃあない……。

勇次は睨んだ。

縞の半纏を着た男は、おそのに小さな紙包みをそれとなく渡した。

紙包みには何が入っていたのか……。

勇次は、想いを巡らせながら縞の半纏を着た男を追った。

縞の半纏を着た男は、明神下の通りを進んで金沢町の裏通りにある板塀に囲まれた仕舞屋に入った。

勇次は見届け、仕舞屋を囲む板塀の木戸門に掛けられた看板を読んだ。

看板には『本道医・中原清秀』と書かれていた。

「本道医、中原清秀《なかはらせいしゅう》……」

勇次は、板塀で囲まれた仕舞屋を眺めた。

縞の半纏の男が、古道具屋でおそのに渡した小さな紙包みは、町医者の中原清秀と拘わりがあるのか……。

勇次は眉をひそめた。

何れにしろ、縞の半纏を着た男は、町医者の中原清秀の指示で動いているのかもしれない。

だとしたら、調べる相手は町医者の中原清秀……。

勇次は、金沢町の自身番に急いだ。

陽は西に沈み始めた。

南町奉行所の用部屋に夕陽は差し込んだ。

久蔵は、文机《ふづくえ》に向かって届けられた書状を読んでいた。

「秋山さま……」

和馬がやって来た。

「どうした……」

「駿河台《するがだい》の旗本、小笠原兵部《おがさわらひょうぶ》さま、過日、乱心して刀を振り廻し、家来に怪我をさせた主税と申す倅《せがれ》を成敗《せいばい》したそうですが……」

和馬は眉をひそめた。

「うん、そいつは俺も聞いたよ」

「その成敗された倅ですが、妙な薬を飲んで乱心したそうですね」

久蔵は頷いた。

「うむ。唐渡りの粉薬だそうだ」

「阿片《あへん》ではないのですか……」

「違うそうだ……」

「違う。じゃあ、何て薬なんですか」

「さあ、名前は未だ分からぬが、茶のようにして飲むと、幻覚を見られて、何れは仙人になれるとの言い伝えのある薬だそうだ」

久蔵は苦笑した。

「幻覚を見て仙人になれる……」

和馬は驚いた。

「うむ……」

「じゃあ、幻覚を見る為に飲むのですか……」

「らしいな……」

久蔵は頷いた。

「ならば、小笠原さまの倅の主税、その唐渡りの薬を飲み、幻覚を見て乱心したのですかね……」

「おそらくな。それで、父親の小笠原兵部が斬り棄てた……」

「そうですか……」

久蔵は告げた。

「うむ。届け出を受けた目付は、旗本小笠原家内での出来事として始末したそうだ」

「ま、小笠原主税の乱心成敗はそれで良いとしても、幻覚を見せる薬を放って置いて良いのですかね」

和馬は、首を捻った。

「いや。良い訳はない……」

久蔵は、笑みを浮かべた。

「じゃあ……」

「うん。その薬が江戸市中に秘かに出廻っていないかだ……」

久蔵は、厳しい面持ちで告げた。

「分かりました」

和馬は頷いた。

「ま。高岡又四郎の女房おそのの事もあるだろうが、調べてみてくれ。私は幻覚を見せる薬の名前を調べる」

久蔵は和馬に命じ、己のやる事を告げた。

「町医者の中原清秀……」

金沢町の自身番の店番は眉をひそめた。

「ええ。どんな評判の町医者なんですかね」

勇次は尋ねた。

「どんなって、貧乏人は相手にせず、金持ちだけを相手にする町医者でね。けちで強欲で情け知らずの外道《げどう》、町の皆の評判は悪すぎるよ……」

店番は、町医者中原清秀が嫌いらしく、顔を歪《ゆが》めて罵《ののし》った。

「そんな町医者なんですか……」

勇次は呆れた。

「ああ。金持ち相手の町医者。大した羽振りだよ」

店番は、腹立たし気に吐き棄てた。

「で、中原清秀の処に医生はいるんですか……」

「医生なんていないよ。いるのは遊び人の仙七《せんしち》だけだよ」

「仙七って縞の半纏を着た野郎ですか……」

勇次は読んだ。

「ああ。賭場や岡場所の案内から薬代の取立て迄、何でも屋の使い走りだよ」

店番は苦笑した。

「そんな奴ですか……」

勇次は、町医者中原清秀と使い走りの仙七の事を知った。

「そうか。おその、柳森稲荷で縞の半纏を着た男から秘かに紙包みを受取り、弥勒寺橋の袂の家に戻ったか……」

幸吉は、新八の報告を受けた。

「はい。で、それからは家に入ったまま、出掛けちゃあいません」

新八は告げた。

「その、おそのに紙包みを渡した縞の半纏の男ですが、名前は仙七と云って神田金沢町に住んでいる町医者、中原清秀の使い走りでしたよ……」

勇次は報せた。

「町医者の中原清秀の使い走り……」

幸吉は眉をひそめた。

「ええ。その町医者中原清秀ですが、貧乏人は相手にせず、金持ちだけを患者にしていて評判は良くありませんよ」

勇次は苦笑した。

「じゃあ何か、仙七は中原清秀の指図で小さな紙包みを柳森稲荷で秘かにおそのに渡したのか……」

幸吉は読んだ。

「きっと……」

勇次は頷いた。

「そうか。じゃあ、その小さな紙包みが何かだな……」

幸吉は眉をひそめた。

「はい……」

「ひょっとしたらおその、明日にでも小さな紙包みを持って動くかもしれませんね」

新八は読んだ。

「ああ。よし、勇次、新八。明日、おそのから眼を離すな」

幸吉は命じた。

弥勒寺から僧侶たちの読経が響いていた。

勇次と新八は、荒物屋の納屋から弥勒寺橋の袂の路地を見張っていた。

路地にある家々の亭主は仕事に出掛け、静けさに満ちていた。

勇次と新八は、交代でお糸の作ってくれた弁当を食べ、路地奥のおそのの家を見張った。

路地奥の家から粋な形の年増が現れた。

「勇次の兄貴……」

新八は、戸惑った声を上げた。

「どうした……」

勇次は、新八のいる窓辺に寄った。

「おそのが……」

新八は、路地の奥から出て来た粋な形の年増を示した。

勇次は、粋な形のおそのに気が付き、戸惑う新八に苦笑した。

「ああ。粋な形で何処に行くのか、尾行るぜ」

勇次と新八は、納屋の戸口に向かった。

粋な形のおそのは、五間堀に架かっている弥勒寺橋を渡らず、通りを南の小名木川に向かった。

勇次が尾行て、新八が続いた。

おそのは、小名木川の手前の通りを西、大川の方に曲がった。

新八は、勇次と交代しておそのを尾行た。

勇次は、新八に続いた。

粋な形のおそのは、六間堀に架かっている猿子橋を渡り、尚も大川に進んだ。

新八と勇次は、おそのを慎重に尾行た。


大川は、江戸湊に緩やかに流れ込む。

粋な形のおそのは、公儀御籾蔵《おもみぐら》の傍を抜けて大川に架かる新大橋に出た。

新大橋は、深川と日本橋浜町を結んでいる長さ百十六間の橋であり、上流にある千住大橋、吾妻橋《あづまばし》、両国橋、下流の永代橋と並ぶ江戸五橋の一つだ。

おそのは、新大橋を渡り始めた。


大川は新大橋に続いて永代橋を潜り、江戸湊に流れ込む。

粋な形のおそのは、新大橋の中程に立ち止まり、下流の永代橋を眩し気に眺めた。

新八は足取りを変えず、永代橋を眺めているおそのの背後を通り抜けた。

大川には様々な船が行き交った。

おそのは小さな溜息を吐《つ》き、再び新大橋を日本橋浜町に向かって歩き出した。

勇次が現れ、おそのを追った。


新大橋の西詰は浜町の広小路であり、大名や旗本の屋敷が甍《いらか》を連ねていた。

粋な形のおそのは、新大橋を降りて大川沿いの道を浜町堀に向かった。

勇次は続いた。

新大橋の西詰、欄干の陰から新八が現れて勇次に続いた。

おそのは、下総国《しもうさのくに》佐倉藩《さくらはん》江戸上屋敷の門前を通り、浜町堀に架かっている川口橋を渡った。そして、大名屋敷の隣の旗本屋敷の表門前に佇んだ。

勇次は、物陰から見届けた。

「勇次の兄貴……」

新八が追って来た。

「おう……」

勇次は、表門を閉めている旗本屋敷の潜り戸を叩いているおそのを示した。

勇次と新八は見守った。

旗本屋敷の潜り戸が開いた。

おそのは、開いた潜り戸から旗本屋敷に入って行った。

勇次と新八は見届けた。

「おその、粋な形をして此の旗本屋敷に何しに来たんですかね」

新八は眉をひそめた。

「そいつが分かれば苦労はない……」

勇次は苦笑した。

「そりゃあそうですが……」

「よし。此処を頼む。何様の屋敷か訊いて来るぜ」

勇次は告げた。

「はい……」

新八は頷いた。

勇次は、隣の大名屋敷の方に駆け戻った。

新八は、おそのが入った旗本屋敷の見張りに就いた。

浜町堀に架かっている川口橋を渡ると佐倉藩江戸上屋敷であり、中間《ちゅうげん》が表門の前の掃除をしていた。

勇次は、川口橋を小走りに渡り、掃除をしている中間に声を掛けた。

中間は、怪訝な面持ちで掃除をする手を止めた。

「ちょいとお伺いしますが、此の先の御大名屋敷のお隣は、何方さまのお屋敷ですかね」

勇次は、中間に尋ねながら素早く小銭を握らせ、旗本屋敷を示した。

「ああ。あの旗本屋敷ですか……」

中間は、握らされた小銭を懐に入れ、旗本屋敷を眺めた。

「あのお屋敷は、お旗本の水野《みずの》式部《しきぶ》さまのお屋敷ですよ」

「ええ……」

「水野式部さま……」

「ええ。水野さまがどうかしましたかい……」

中間は、勇次に笑い掛けた。

世間話が好きそうだ……。

勇次は睨んだ。

「えっ、ええ。今、粋な形の年増が入って行くのを見掛けましてね。ひょっとしたらお殿さまは伊達者《だてもの》、歌舞伎者《かぶきもの》かと……」

勇次は、笑みを浮かべて声を潜めた。

「伊達者か歌舞伎者かは知りませんが、水野さまは、未だお若くて派手好き、新しもの好きだって話だよ」

中間は声を潜めた。

水野式部は、二千石取りの旗本であり、若い奥方や隠居の母親と暮らしていた。

勇次は、手早く聞き込みを終え、旗本水野屋敷に戻った。

「へえ。水野式部さま、そんな旗本なんですかい……」

新八は、眉をひそめて水野屋敷を眺めた。

「ああ。先代が病で亡くなり、家督を継いでからは母親や古くからの家来の云う事も聞かず、好き勝手にやっているそうだ。ま、未だ三十歳前だから仕方がないかもしれねえが」

勇次は苦笑した。

「おその、そんな旗本に何の用があって来たんですかね」

「うん。そいつが知りたいな……」

勇次は頷いた。

「勇次の兄貴……」

新八は、水野屋敷を示した。

水野屋敷の潜り戸が開き、おそのが下男に見送られて出て来た。

勇次と新八は、おそのを見守った。

おそのは、下男に頭を下げて水野屋敷を離れ、浜町堀に向かった。

「よし。おそのは俺が追う。新八は、水野式部をちょいと調べてみてくれ」

勇次は命じた。

「承知……」

新八は頷いた。

「じゃあな……」

勇次は、新八を残しておそのを追った。

「さあて……」

勇次を見送った新八は、静寂に覆われている水野屋敷を窺った。

浜町堀の流れは緩やかであり、荷船の船頭の操る棹《さお》から散る水飛沫《みずしぶき》は煌めいた。

おそのは、浜町堀沿いの道を北に進んだ。

勇次は尾行た。

組合橋、小川橋、高砂橋、栄橋、千鳥橋、汐見橋、緑橋……。

おそのは、浜町堀に架かっている幾つかの橋の袂を足早に進んだ。

何処に行く……。

勇次は、おそのが弥勒寺橋の袂の家に真っ直ぐ帰らず、他の処に行くと読んだ。

おそのは、浜町堀を過ぎて尚も北に進んだ。

此のまま進むと、神田川沿いの柳原通りに出る……。

勇次は追った。


浜町の水野屋敷の周囲には大名旗本の屋敷が並んでおり、岡っ引の手先が聞き込みを掛けるには難しい処だった。

新八は、水野屋敷の出入りを許されている米屋や酒屋などが来るのを待った。

刻が過ぎた。

大きな荷物を背負った行商人がやって来た。

貸本屋か……。

新八は、行商人の大荷物と風体から貸本屋だと読んだ。

大荷物の中身は貸本であり、屋敷の女中たち奉公人に絵草紙や読本などを貸すのが商売だ。

貸本屋は、水野屋敷の裏門に廻って行った。

よし……。

新八は、水野屋敷から貸本屋が出て来るのを待つ事にした。


おそのは、神田川沿いの柳原通りに出た。

両国広小路に行くなら浜町堀に架かっている汐見橋を渡った方が早い。ならば、神田八つ小路に行くのか……。

勇次は、おそのの行き先を読んだ。

おそのは、柳原通りを横切った。

「えっ……」

勇次は戸惑った。

おそのは、柳原通りを横切って神田川に架かっている和泉橋に進んだ。

勇次の読みは外れた。

和泉橋か……。

勇次は、おそのを追って和泉橋を渡った。

和泉橋を渡ると御徒町《おかちまち》の組屋敷街だ。

おそのは、組屋敷街を足早に進んだ。

勇次は尾行た。

御徒町の組屋敷街に人通りは少なく、赤ん坊の泣き声が響いていた。

おそのは足早に進み、或る組屋敷を囲む板塀の木戸門の前に佇んだ。そして、組屋敷を眺めた。

勇次は見届けた。

組屋敷の主は誰なのか……。

おそのとどんな拘わりがあるのか……。

勇次は、物陰から組屋敷とおそのを窺いながら想いを巡らせた。

おそのは、木戸門を押そうとした。

「やあ。来ていたのか……」

袖無し羽織を着た老武士が背後に現れ、おそのに笑顔で声を掛けた。

おそのは振り返り、微笑《ほほえ》んだ。

老武士は木戸門を押し開け、おそのを組屋敷に入るように促した。

おそのは、促されるままに組屋敷に入った。

おそのの家に来ていた老武士……。

勇次は緊張した。

三

水野屋敷の裏手から貸本屋が出て来た。

新八は駆け寄った。

貸本屋は、戸惑いを浮かべた。

「ちょいと訊きたい事がありましてね……」

新八は、貸本屋に素早く小銭を握らせた。

「えっ。何か……」

貸本屋は、小銭を握り締めて背負っていた大荷物を道端に降ろした。

新八は、水野屋敷の主の式部の事を尋ねた。

「水野さまのお殿さまですか……」

貸本屋は眉をひそめた。

「ええ。奉公人の皆は、どんなお殿さまだと云っているんですかね」

新八は尋ねた。

「それが、若いだけに我儘《わがまま》で気が短く、酒浸りの怠け者だと……」

貸本屋は、嘲りを過ぎらせた。

「酒浸りの怠け者……」

新八は苦笑した。

「ええ。酒の他に時々、妙な粉薬をお湯に溶かして飲んでいるそうですがね」

「妙な粉薬……」

新八は訊き返した。

「ええ。粋な形の年増が持って来る滋養を付ける薬だそうでしてね。お殿さま、一人部屋に籠《こも》って飲んでは、不意に笑ったり、ぼんやりとしていたりするそうですぜ……」

貸本屋は苦笑した。

「粋な形の年増が持って来る妙な粉薬……」

新八は眉をひそめた。

「ええ。滋養を付ける粉薬、ひょっとしたら干した蝮《まむし》やすっぽんを粉薬にしたって奴かもしれないな……」

貸本屋は、下卑た笑いを浮かべた。

おそのは、粋な形をして旗本水野式部に妙な粉薬を持って来ていた。

妙な粉薬は、町医者中原清秀の使い走りの仙七から渡された紙包みなのか……。

新八は、想いを巡らせた。


御徒町の組屋敷街は西日に照らされた。

おそのが訪れた組屋敷の主の老武士は、百石取りの小普請《こぶしん》宮本兵庫《みやもとひょうご》だった。

宮本兵庫は、神道無念流の遣い手であり、既に妻を亡くして一人暮らしだった。

おそのとはどんな拘りなのか……。

勇次は、宮本兵庫の組屋敷を見張った。

半刻が過ぎた。

おそのが、宮本兵庫に見送られて組屋敷から出て来た。

勇次は、物陰から見張った。

おそのは、宮本兵庫に挨拶をして神田川に向かった。

勇次は追おうとした。

だが、宮本兵庫は組屋敷に戻らず、去って行くおそのを見送っていた。

下手に追い掛ければ、尾行に気が付かれる……。

勇次は焦った。

宮本兵庫は、溜息を吐いて組屋敷に戻った。

勇次は、物陰を出ておそのを追った。

おそのの後ろ姿が、行く手に小さく見えた。

勇次は追った。


「へえ、唐渡りの幻覚を見せる薬ですか……」

雲海坊は、楽しそうな笑みを浮かべた。

「ああ。その粉薬を湯に溶いて飲むと幻覚が見られ、何れは仙人になれるって大層な代物《しろもの》だそうだぜ……」

幸吉は苦笑した。

「仙人に。そいつは凄い……」

雲海坊は笑った。

「で、親分。そいつが今、若い旗本御家人の間に秘かに出廻っているのですか……」

由松は眉をひそめた。

「うん。和馬の旦那の話じゃあ、何処かの旗本の若さまが粉薬を飲み、幻覚を見て刀を振り廻し、家来を斬っちまい、父親が乱心者として成敗したそうだ」

幸吉は、和馬から聞いた話を厳しい面持ちで告げた。

「で、その粉薬が江戸の町に出廻っていないかどうかですか……」

由松は読んだ。

「うん。で、出廻っていれば、そいつは何処からかだ……」

幸吉は頷いた。

「分かりました……」

由松は頷いた。

「それにしても、幻覚を見て仙人になれるものなら、ちょいと飲んでみたいもんだな」

雲海坊は、舌嘗《したな》めずりをした。

小石川養生所には、多くの通いの患者が来ていた。

「忙しい処、申し訳ない……」

久蔵は、直ぐに逢ってくれた養生所肝煎《きもいり》で本道医の小川良哲《おがわりょうてつ》に礼を述べた。

「いえ。して、秋山さま、御用とは……」

小川良哲は、笑顔で促した。

「うむ。それなのだが、湯に溶いて飲むと幻覚を見て、何れは仙人になれると伝わる唐渡りの粉薬があるのだが、御存知なら、名を教えて頂けぬか……」

久蔵は尋ねた。

「飲むと幻覚を見て、何れは仙人になれると云う粉薬ですか……」

「ええ……」

「その、その粉薬なら、おそらく唐渡りの五石散《ごせきさん》でしょう」

良哲は告げた。

「五石散……」

久蔵は眉をひそめた。

「ええ。五石散、五つの石の粉薬の散と書く薬でしてね。御禁制の薬ですよ」

良哲は、紙に『五石散』と書いて見せた。

「御禁制の五石散ですか……」

久蔵は、紙に書かれた文字を読んだ。

「はい。紫石英《しせきえい》、白石英《はくせきえい》、赤石脂《しゃくせきし》、硫黄《いおう》、鍾乳石《しょうにゅうせき》の五種類の鉱物を調合して作る散薬でしてね……」

良哲は、五石散と書いた紙に『紫石英、白石英、赤石脂、硫黄、鍾乳石』と書き加えた。

「紫石英、白石英、赤石脂、硫黄、鍾乳石の五つですか……」

久蔵は、紙に書かれた五つの石の名を読んだ。

「ええ。そいつを飲むと幻覚を生じ、いつかは仙人になれると、昔の唐では信じられていたそうですよ」

良哲は苦笑した。

「ならば……」

「幻覚はあるかもしれませんが、仙人はありませんよ。ま、五石散、薬と云うより、身体に悪い代物。それ故の御禁制の薬……」

良哲は、五石散を薬だと認めていなかった。

「五石散か……」

久蔵は、厳しい面持ちで呟《つぶや》いた。

行燈《あんどん》の火は揺れた。

「じゃあ何か、おそのは神田金沢町の町医者中原清秀の使い走りの仙七から紙包みを渡され、翌日、粋な形をして浜町の旗本水野式部さまの屋敷を訪れたのか……」

幸吉は眉をひそめた。

「はい。水野屋敷の奉公人の話じゃあ、おそのは式部さまに滋養の付く薬を時々持って来るそうです」

新八は告げた。

「じゃあ、おそのが式部さまに届けた滋養の付く薬は、町医者の中原清秀からのものなんだな……」

幸吉は読んだ。

「きっと。で、式部さま、その薬を飲んで不意に笑ったり、ぼんやりしていたりするそうです」

新八は報せた。

「薬を飲んで不意に笑ったり、ぼんやりか……」

幸吉は厳しさを過らせた。

「はい。親分、おその、何か悪事に拘っているんですかね」

新八は、微かな戸惑いを過ぎらせた。

「うむ……」

幸吉は、厳しい面持ちで頷いた。

船宿『笹舟』の店から、夜の舟遊びの客の笑い声が聞えた。

久蔵は、和馬と幸吉の前に『五石散。紫石英、白石英、赤石脂、硫黄、鍾乳石』と書かれた紙を差し出した。

「御禁制の五石散……」

和馬は眉をひそめた。

「秋山さま、此の五石散ってのが、人に幻覚を見せ、仙人になれるって粉薬ですか……」

幸吉は尋ねた。

「うむ。良哲先生の診立《みた》てだ。間違いはないだろう」

久蔵は告げた。

「はい……」

幸吉は頷いた。

「御禁制の五石散が秘かに出廻り、旗本の倅を乱心させ、父親に成敗させましたか……」

和馬は読んだ。

「うむ。おそらくな……」

久蔵は頷いた。

「じゃあ、おそのが町医者の中原清秀から秘かに預かり、旗本の水野式部さまに渡した滋養の薬ってのは……」

幸吉は、厳しさを滲ませた。

「おそらく、五石散だろう」

久蔵は睨んだ。

「ならば、おそのが五石散を運んでいる……」

和馬は、戸惑いを浮かべた。

「ああ……」

久蔵は頷いた。

「ですが、何故……」

和馬は眉をひそめた。

「そいつは此《こ》れからだ……」

「秋山さま、和馬の旦那。勇次の報せによりますと、おそのは御徒町に住んでいる宮本兵庫って老御家人と深い拘わりがあるようです」

幸吉は告げた。

「御家人の宮本兵庫……」

久蔵は眉をひそめた。

「御存知ですか……」

「確かおそのの亭主の高岡又四郎の剣術仲間に宮本と云う武士がいた筈だが……」

久蔵は、想いを巡らせた。

「宮本兵庫、神道無念流の遣い手だそうだとか……」

幸吉は告げた。

「ならば、間違いあるまい」

久蔵は頷いた。

「秋山さま。ひょっとしたら、おそのと宮本兵庫、何かを企てているのかも……」

和馬は、厳しい面持ちで読んだ。

「うむ。して柳橋の。今、おそのと宮本兵庫は如何《どう》している」

「はい。おそのは弥勒寺の家に帰り、勇次が見張っていますが、宮本兵庫には……」

幸吉は告げた。

「そうか。ならば和馬、柳橋の。宮本兵庫にそれとなく当たってみるのだな」

久蔵は命じた。

雲海坊と由松は、唐渡りの幻覚を見せる薬の噂を追った。そして、博奕打ちの寅吉《とらきち》が唐渡りの薬の事を話していたのを知った。

博奕打ちの寅吉……。

雲海坊と由松は捜し、場末の飲み屋で蜷局《とぐろ》を巻いていた博奕打ちの寅吉を見付けた。

「お前が寅吉かい……」

由松は、冷たく見据えた。

「何だい、お前さんたちは……」

寅吉は、怯えと警戒の入り混じった眼を由松と雲海坊に向けた。

「ま、そいつは良いじゃあないか……」

雲海坊は笑い掛けた。

「知らねえ方が身の為だぜ」

由松は脅した。

「えっ……」

寅吉は、怯えを滲ませた。

「で、ちょいと訊きたい事があってな。まあ、一杯やりな……」

雲海坊は、笑顔で安酒を勧めた。

「あ、ああ……」

寅吉は、雲海坊に注がれた安酒を喉を鳴らして飲んだ。

「さあて寅吉。お前、唐渡りの薬の話をしていたそうだが、誰から聞いたのかな……」

雲海坊は笑い掛けた。

「遊び人の仙七だ……」

寅吉は、安酒を飲んだ。

「遊び人の仙七……」

由松は訊き返した。

「ああ。何処かの町医者の使い走りをしている野郎だよ」

寅吉は告げた。

「その仙七が唐渡りの薬の事を話していたんだな……」

由松は念を押した。

「ああ。値の張る薬だけど、若い旗本や御家人の間で秘かに流行《はや》っているってな……」

寅吉は、酒を飲んだ。

「兄貴……」

「ああ。何処かの町医者ってのは、親分の云っていた神田金沢町の中原清秀だな」

雲海坊は頷いた。

今の処、唐渡りの幻覚を見せる粉薬の出処は町医者の中原清秀しかいない。

他にはいないのか……。

雲海坊と由松は、唐渡りの薬の出処が他にないか引き続き探す事にした。


弥勒寺橋袂の路地奥の小さな家は、静けさに満ちていた。

勇次は、荒物屋の納屋から見張り続けた。

おそのは、御徒町の宮本兵庫の組屋敷から帰ったまま出掛ける事はなかった。

おそのは何をしようとしているのか……。

勇次は、向かい側の路地奥のおそのの家を見詰めた。


神田金沢町の町医者中原清秀の家に患者は訪れず、清秀が往診に出掛ける事もなかった。

新八は見張った。

板塀に囲まれた家には、主の中原清秀の他に若い妾と飯炊き婆さんが住んでおり、遊び人の仙七が出入りをしていた。

清秀は医者の仕事を殆《ほとん》どせず、若い妾を囲って豪勢な暮らしをしている。

唐渡りの幻覚を見せる粉薬を秘かに売り捌《さば》き、金を儲《もう》けているのだ。

新八は睨んだ。

縞の半纏を着た遊び人の仙七が現れ、清秀の家に入って行った。

仙七……。

新八は、中原清秀の家を見張り続けた。


御徒町の組屋敷街には、物売りの声が長閑《のどか》に響いていた。

和馬と幸吉は、宮本兵庫の組屋敷に向かっていた。

「親分、和馬の旦那……」

清吉が、行く手の辻から現れた。

「おう。何処か分かったか……」

幸吉は迎えた。

「はい。此処の辻を曲がった先です」

清吉は、先行して宮本兵庫の組屋敷の場所を探していた。

「で、宮本兵庫さん、いるのか……」

幸吉は訊いた。

「さっき、木戸門の前の掃除をしていました」

清吉は報せた。

「よし……」

幸吉と和馬は、清吉を促した。

清吉は、辻を曲がろうとして足を止めた。

「どうした……」

幸吉と和馬は戸惑った。

「宮本兵庫さんです」

清吉は、眼の前の通りを行く袖無し羽織を着た宮本兵庫を示した。

「宮本兵庫か……」

和馬は見送った。

「何処に何しに行くのか、追ってみますか……」

幸吉は告げた。

「ああ……」

和馬は頷いた。

「よし。じゃあ清吉……」

「承知……」

清吉は、宮本兵庫を追った。

「じゃあ、和馬の旦那、後から来てください」

幸吉は、清吉を追った。

「心得た」

和馬は、巻羽織《まきばおり》の裾を降ろして幸吉の後に続いた。

宮本兵庫は、組屋敷街の外れ、神田松永町の手前を西に曲がった。

清吉は、充分な距離を取って慎重に尾行た。

幸吉は続いた。

和馬は追った。

下谷練塀《ねりべい》小路、下谷御成街道……。

宮本兵庫は、二つの通りの入口を通り過ぎて明神下の通りに向かった。

明神下の通りには神田金沢町があり、町医者の中原清秀の家がある。

新八は見張っていた。

袖無し羽織の老武士が現れ、中原清秀の家に向かって来た。

新八は見守った。

袖無し羽織の老武士は、中原清秀の家の板塀の木戸門の前に佇んだ。

誰だ……。

新八は戸惑った。

老武士は、中原清秀の板塀に囲まれた家を窺った。

新八は緊張した。

「新八……」

清吉が、背後から現れた。

「おう。あの年寄りを追って来たのか……」

新八は、中原清秀の家の木戸門の前に佇む宮本兵庫を示した。

「ああ。親分と神崎の旦那も来ている」

清吉は告げた。

「親分と神崎の旦那も。誰なんだ、あの年寄り……」

新八は眉をひそめた。

「宮本兵庫。おそのと親しい御家人だ」

「おそのと親しい宮本兵庫……」

「ああ……」

清吉と新八は、宮本兵庫を見守った。

宮本兵庫は、清秀の家の木戸門から離れて物陰に隠れた。

どうした……。

新八と清吉は緊張した。

清秀の家の木戸門から仙七が出て来た。

「中原清秀の使い走りの仙七だ」

新八は、清吉に囁《ささや》いた。

仙七は辺りを見廻し、縞の半纏を翻して明神下の通りに向かった。

宮本兵庫は追った。

「よし。俺が追う……」

新八は、仙七と宮本兵庫を追った。

清吉の許に幸吉と和馬が来た。

「宮本兵庫、中原清秀の使い走りの仙七を追いました。新八が尾行ました」

清吉は報せた。

「新八が。じゃあ、此処が中原清秀の家か……」

幸吉は、板塀に囲まれた家を眺めた。

「そのようです……」

「よし。清吉は新八に代わって中原清秀を見張れ。和馬の旦那……」

「おう……」

幸吉は、和馬を促して新八を追った。

四

遊び人の仙七は、明神下の通りを横切って湯島《ゆしま》の通りに進んだ。

宮本兵庫は尾行た。

新八が追い、幸吉と和馬が続いた。

仙七は、軽い足取りで湯島から本郷《ほんごう》の通りに進み、北ノ天神真光寺脇の道に曲がった。

宮本兵庫が尾行て、新八が追った。

「何処に行くんですかね、仙七……」

幸吉は眉をひそめた。

「して、宮本兵庫、仙七を追って何をする気なのかな……」

和馬は首を捻った。


本郷御弓町《おゆみちよう》は旗本の屋敷が連なる町だ。

仙七は、何処かの旗本屋敷の誰かに五石散を持って行くのかもしれない。

幸吉と和馬は、仙七の行き先を読み、宮本兵庫を追う新八に続いた。


明地に微風が吹き抜け、生い茂っている草木は揺れた。

仙七は、旗本屋敷の連なりと明地の間の通りに進んだ。

明地沿いの道に行き交う人は少ない。

よし……。

宮本兵庫は足取りを速め、先を行く仙七との距離を縮めた。

仕掛ける……。

新八は気が付き、幸吉と和馬を振り返った。

「柳橋の……」

「ええ……」

和馬と幸吉は、足取りを速めた。

仙七は、背後に迫る宮本兵庫に気が付かず、軽い足取りで進んでいた。

「仙七……」

宮本兵庫は呼び掛けた。

仙七は、立ち止まって振り返った。

「遊び人の仙七だな……」

宮本兵庫は、親し気な笑みを浮かべて仙七に近付いた。

「え、ええ。お侍さまは……」

仙七は、近付く宮本兵庫に怪訝な眼を向けた。

「私は宮本兵庫……」

宮本兵庫は、名乗りながら仙七に近付いて脇差を抜いて突き付けた。

仙七は、息を飲んで眼を瞠った。

「明地に入れ……」

宮本兵庫は、仙七に命じた。

仙七は、喉を鳴らして頷き、脇差を突き付けられたまま明地に入った。

宮本兵庫は、仙七に脇差を突き付けて明地に入った。

「な、何しやがる……」

仙七は、必死に虚勢を張ろうとした。

「死んで貰う……」

宮本兵庫は、穏やかに告げた。

「冗談じゃあねえ……」

仙七は、顔色を変えた。

「ならば、五石散を渡して貰おう」

宮本兵庫は、冷笑を浮かべた。

「五石散……」

仙七は、嗄《しゃが》れ声を引き攣《つ》らせた。

「渡さなければ、斬り棄てて奪う迄……」

宮本兵庫は、刀の鯉口《こいぐち》を切った。

刹那《せつな》、仙七は縞の半纏を翻した。

宮本兵庫は、抜き打ちの一刀を放った。

仙七は、太股《ふともも》を斬られて前のめりに倒れた。

「止めを刺されたくなければ、五石散を渡せ」

宮本兵庫は、倒れた仙七に刀を突き付けた。

血の雫《しずく》が、鋒《きつさき》から仙七の顔に滴《したた》り落ちた。

「渡す。渡すから命は助けてくれ」

仙七は、震える手で懐から紙包みを出し、宮本兵庫に渡した。

宮本兵庫は、紙包みを懐に入れた。

仙七は、懸命に立ち上がろうとした。

「動くな……」

宮本兵庫は、冷ややかに命じた。

「えっ……」

「次はおそのとの拘わりを断って貰う」

宮本兵庫は、刀を横薙《よこな》ぎに唸らせた。

仙七は、必死に転がり躱《かわ》した。

刹那、呼子笛《よびこぶえ》が甲高く鳴り響いた。

「何をしている」

和馬と幸吉が駆け寄って来た。

宮本兵庫は、身を翻して逃げた。

「柳橋の……」

和馬は、幸吉に仙七を示して宮本兵庫を追った。

「心得ました」

和馬は宮本兵庫を追い、幸吉は倒れている仙七に駆け寄った。

「た、助けてくれ……」

仙七は、太股から血を流して踠《もが》いていた。

「ああ。助けてやるぜ……」

幸吉は、仙七に捕り縄を打った。

宮本兵庫は、明地から出て来て刀に拭いを掛けて鞘に納めた。そして、小さく息を整えて本郷の通りに向かった。

新八が現れ、尾行た。

そして、和馬が明地から出て来て続いた。


おそのに動きはなかった。

勇次は、荒物屋の納屋から路地奥のおそのの家を見張り続けた。

塗笠を目深に被った着流しの武士がやって来て路地を窺い、背後の荒物屋の納屋を振り返った。

秋山さま……。

勇次は、塗笠を被った着流しの武士が久蔵だと気が付き、納屋の外に出た。

「秋山さま……」

勇次が納屋から出て来た。

「やあ。やはりそこだったか……」

久蔵は笑った。

久蔵と勇次は、荒物屋の納屋の窓からおそのの家を見張った。

「そうか、おそのに動きはないか……」

久蔵は、おそのの家を窺った。

「はい。ずっと家にいます」

勇次は眉をひそめた。

袖無し羽織を着た老武士がやって来て、路地の前に立ち止まった。

「秋山さま……」

勇次は気が付いた。

「誰だ……」

「御家人の宮本兵庫です」

勇次は、喉を鳴らした。

「死んだ高岡又四郎の剣術仲間か……」

久蔵は眉をひそめた。

宮本兵庫は、路地の奥に進んでおそのの家の腰高障子を叩いた。

新八が追って現れ、路地奥を覗いた。

おそのの家の腰高障子が開き、宮本兵庫が中に入った。

新八は、宮本兵庫がおその の家に入るのを見届けて振り向いた。

和馬がやって来た。

新八は、和馬に何事かを告げて荒物屋の納屋に促した。


新八と和馬が納屋に入って来た。

「おう……」

久蔵と勇次が迎えた。

「秋山さま……」

和馬と新八は、久蔵がいるのに戸惑った。

「おその様子を窺いに来たのだが、御家人の宮本兵庫、どうしたのだ」

久蔵は、路地奥のおその の家を示した。

「はい。宮本兵庫……」

和馬は、宮本兵庫が仙七を斬って五石散を奪った事を報せた。

「して、仙七はどうした」

「はい。太股を斬られましてね。柳橋が手当てをして大番屋に引き立てた筈です」

和馬は告げた。

「そうか。処で和馬、勇次、新八。十年前におそのの亭主の高岡又四郎を雇い、博奕打ちの貸元や用心棒を斬らせた旗本の若さまの水野源之助《げんのすけ》、浜町に屋敷のある水野式部だったよ」

久蔵は報せた。

「えっ。じゃあ、おそのは、それを知らずに水野式部に……」

和馬は眉をひそめた。

「いや。おそらく知っての事だろう」

久蔵は睨んだ。

「じゃあ……」

「おそのは、高岡又四郎が病で死んだと知り、張本人の水野式部が安穏と暮らしているのに理不尽さと怒りを覚えているのかもしれぬ」

久蔵は読んだ。

「ならば、おそのは……」

和馬は、厳しさを滲ませた。

「秋山さま、和馬の旦那……」

勇次は、窓の外を見ながら呼んだ。

久蔵と和馬は、勇次と新八の見張る窓辺に寄った。

宮本兵庫が、おそのに見送られて家から出て来た。

久蔵、和馬、勇次、新八は、窓から見守った。

宮本兵庫は、おそのと何事か言葉を交わして路地を出て弥勒寺橋に向かった。

「よし。和馬、新八、引き続き、宮本兵庫を尾行《つけ》な。おそのは勇次と俺が見張る……」

久蔵は告げた。

「心得ました。じゃあ新八……」

「はい……」

和馬と新八は、久蔵に会釈をして納屋から出て行った。

「秋山さま、おそのも動きますかね」

勇次は眉をひそめた。

「ああ。おそらくな……」

久蔵は、笑みを浮かべて頷いた。

本所竪川に架かっている二つ目之橋を渡り、大川に進む……。

宮本兵庫は、大川に架かっている両国橋を渡った。

和馬と新八は、慎重に尾行た。

御徒町の組屋敷に帰るのなら両国広小路から柳原通りに向かう筈だ。

和馬と新八は読んだ。

だが、宮本兵庫は両国広小路から柳原通りの手前の浅草御門に進んだ。

「神崎の旦那……」

新八は、神田川に架かっている浅草御門に進む宮本兵庫に戸惑った。

「さあて、浅草御門から御徒町に行くのかな……」

和馬と新八は、緊張を滲ませて宮本兵庫を尾行た。


「秋山さま……」

勇次は、窓の外を見ながら久蔵を呼んだ。

「出て来たか……」

久蔵は、刀を腰に差して塗笠を手にした。

「はい。粋な形をして……」

勇次は、おそのが粋な形をして家から出て来たのを示した。

粋な形のおそのは、弥勒寺橋に進まず小名木川に向かった。

「よし。追うよ」

「はい……」

久蔵は、塗笠を目深に被って荒物屋の納屋を出た。

勇次は続いた。


おそのは、粋な形をして小名木川の手前の通りを西の大川に向かった。

久蔵と勇次は尾行た。

「秋山さま。おその、以前、此の道筋で新大橋を渡り、浜町の水野式部さまの屋敷に行きました……」

勇次は報せた。

「そうか。水野式部の屋敷か……」

久蔵は、厳しさを過ぎらせた。

「はい。ひょっとしたら今度も……」

「うむ。おそらく水野式部の屋敷に行くのだろう」

久蔵は頷いた。
おそのは、公儀御籾蔵の傍を通って大川に架かっている新大橋に進んだ。
久蔵と勇次は尾行た。
宮本兵庫は、神田川に架かっている浅草御門を渡り、蔵前の通りを浅草に向かった。
何処に行くのだ……。
和馬と新八は、交代で慎重に尾行た。
宮本兵庫は、浅草御蔵前を進んで西側にある八幡宮大護院《だいごいん》の境内に入った。
和馬と新八は続いた。
八幡宮大護院の境内に参拝客は少なかった。
宮本兵庫は、本殿に参拝をして境内の隅にある茶店に入った。
和馬と新八は見守った。
宮本兵庫は、茶店の縁台に腰掛けて茶を頼んだ。
「八幡様に参拝に来ただけなんですかね」

「さあて……」

和馬と新八は、宮本兵庫を見守った。

宮本兵庫は、穏やかな面持ちで運ばれた茶を飲んでいた。

おそのは、下総国佐倉藩江戸上屋敷の門前を通り、浜町堀に架かる川口橋を渡った。

行き先は旗本水野式部の屋敷……。

久蔵と勇次は睨んだ。

おそのは水野屋敷に何をしに行くのか……。

宮本兵庫が仙七から奪った五石散を持って行くのか……。

久蔵は、微かな緊張を覚えた。

おそのは、大名屋敷の隣の旗本屋敷の表門の前に佇んだ。

「やっぱり、旗本水野式部さまの屋敷です」

勇次は告げた。

「うむ……」

久蔵は、水野屋敷の閉められた表門前に佇むおそのを見守った。

おそのは何をするのか……。

久蔵は見守った。

おそのは、表門脇の潜り戸を叩いた。

潜り戸が開き、中間が顔を見せた。

おそのは、懐から手紙を出して中間に差し出し、何事かを告げて踵《きびす》を返した。

「秋山さま……」

「よし。おそのは私が追う。勇次は水野式部の動きをな……」

「心得ました」

勇次は頷いた。

久蔵は、おそのを追った。


大川の流れ込む江戸湊は煌めき、千石船が行き交っていた。

おそのは永代橋に佇み、眩しく広がる江戸湊を眺めた。

吹き抜ける潮風は、おそのの後《おく》れ毛を揺らし、涙を滲ませた。

おそのはしゃがみ込んだ。

「どうかしたのか……」

久蔵は、背後から声を掛けた。

「えっ。いいえ。別に……」

おそのは、涙を拭いながら立ち上がった。

「そうか。それなら良いが……」

久蔵は微笑んだ。

「御心配をかけて申し訳ありません。昔、別れた人が島で亡くなりましてね。それを思い出して……」

おそのは、江戸湊を眩しそうに眺めた。

「そうか。それは気の毒に……」

「旦那、世の中にはどうして運の悪い良い人と運の良い悪い人がいるんですかねえ」

「島で死んだ良い人は運が悪かったか……」

「ええ。運の良い悪い人の所為《せい》で……」

おそのは、哀し気な笑みを浮かべた。

「運の良い悪い人ってのは……」

久蔵は眉をひそめた。

「ええ。あら、御免なさい、旦那。どうでも良いお喋《しゃべ》りをしちゃって、じゃあ……」

おそのは、言葉を濁して永代橋を深川に渡って行った。

久蔵は尾行た。

水野屋敷の潜り戸が開いた。

頭巾を被った武士が、二人の家来を従えて出て来た。

水野式部……。

勇次は、頭巾を被った武士を水野式部だと睨んだ。

水野式部は、二人の家来を従えて浜町堀に向かった。

勇次は追った。

陽は西に大きく傾いた。

夕暮れ時。

浅草八幡宮大護院に参拝客は途絶えた。

宮本兵庫は、冷たくなった茶の残りを飲み干して茶店を出た。

漸く動く……。

和馬と新八は、宮本兵庫を追った。

八幡宮大護院の前、浅草御蔵北の道を大川に進むと御厩河岸《おんまやがし》になり、渡し場があった。

御厩河岸は薄暗く、渡し場は既に渡し舟を固く舫《もや》っていた。

頭巾を被った水野式部は、二人の家来を従えて足早にやって来た。薄暗い御厩河岸に人影は見えなかった。

二人の家来は、水野式部を護るように身構えて辺りを窺った。

粋な形のおそのが、渡し場の物陰から現れた。

「おその……」

水野式部と二人の家来は身構えた。

「水野式部さま、浜町の御屋敷からわざわざ御厩河岸に来るとは、それ程、此の五石散が欲しいのですか……」

おそのは、懐から五石散の小さな紙包みを出して苦笑した。

「おその、此処に二十両ある。中原清秀も文句は云わぬ筈。早々に五石散を渡せ……」

水野式部は、二十枚の小判を出した。

「御禁制の五石散の作る幻覚に現《うつつ》を抜かす水野式部、御公儀に知られ、お家断絶の沙汰が下されるのが嫌なら、早々に腹を切れ……」

おそのは、冷ややかに云い放った。

「お、おその、何を申す……」

水野式部は驚き、困惑した。

「水野式部、十年前、源之助と名乗っていたお前を殺そうとした博奕打ちの貸元と用心棒を斬り棄て、島流しになった高岡又四郎を覚えているか……」

「ああ。金が目当ての食詰浪人か……」

水野式部は、嘲笑を浮べた。

「黙れ。高岡又四郎はこの春、新島で一人淋しく病で死んだ……」

「おその、お前、あの食詰浪人の女なのか……」

「高岡又四郎が妻、おその……」

「それはそれは……」

水野式部は嘲笑した。

「お前の名を一切洩らさず死んだ高岡又四郎に引き換え、お前は五石散の幻覚に現を抜かし、楽しむ毎日……」

おそのは、悔しさに声を震わせた。

「黙れ。御託はもう良い……」

水野式部は遮《さえぎ》った。

二人の家来が、五石散を持っているおそのに襲い掛かった。

闇から宮本兵庫が現れ、おそのに襲い掛かった二人の家来に刀を抜き打ちに閃《ひらめ》かせた。

二人の家来は、腕や脚を斬られて倒れた。

水野式部は怯み、逃げようとした。

「動くな……」

宮本兵庫は、素早く水野式部に刀を突き付けた。

水野式部は凍《い》て付いた。

「水野式部、あの世に行き、高岡又四郎に名を洩らさなかった礼を云うのだな」

宮本兵庫は、穏やかに告げた。

「分かった。俺が悪かった。許してくれ……」

水野式部は、膝を突いて詫びた。

「よし。そこ迄だ……」

久蔵と新八、和馬と勇次が前後に現れた。

宮本兵庫と水野式部は眉をひそめた。

「旦那……」

おそのは、久蔵が永代橋で逢った塗笠を被った武士だと気が付いた。

「南町奉行所吟味方与力秋山久蔵。南町奉行所で詳しい事を訊かせて貰う」

「あ、秋山、私は旗本。町奉行所の支配は受けぬ」

水野式部は、居丈高《いたけだか》に声を震わせた。

「ならば、評定所におぬしが御禁制の五石散を飲み、幻覚に現を抜かしていると報せる迄だ……」

久蔵は冷笑した。

水野式部は項垂れた。

和馬は、水野式部を押さえた。

「南町奉行所の秋山久蔵どのか……」

宮本兵庫は、安堵《あんど》の笑みを浮かべて刀を引いた。

「秋山さま……」

おそのは、久蔵を見詰めた。

「おその、運の良い悪い奴、放って置いてはならぬな……」

久蔵は笑った。

行き交う船の船行燈の灯りは、大川の流れに揺れて煌めいた。


遊び人の仙七は、久蔵と幸吉の厳しい詮議に何もかも白状した。

久蔵は、和馬と幸吉に町医者中原清秀の捕縛を命じた。

神田金沢町の町医者中原清秀の家は、雲海坊、由松、清吉に見張られていた。

和馬は、幸吉、雲海坊、由松、清吉と共に中原清秀の家に踏み込んだ。そして、中原清秀をお縄にし、御禁制の五石散を押収した。

公儀評定所は、旗本の水野式部に切腹を命じて家禄《かろく》を減らし、御家人の宮本兵庫をお咎《とが》めなしとした。

久蔵は、町医者中原清秀と遊び人の仙七を御禁制の五石散を売った罪で死罪に処した。そして、おそのを五石散を運んだ罪で遠島の刑にした。

伊豆七島の新島に……。

おそのは、亭主高岡又四郎が病で死んだ新島に遠島の刑になった。

おそのは、永代橋の船着場から出る流人船に乗せられた。そして、見送る人々の中に塗笠を目深に被った着流しの久蔵がいるのに気が付き、感謝の眼差しで手を合わせた。

久蔵は見送った。

おそのを乗せた流人船は、江戸湊の煌めきの中を遠ざかって行った。

第三話

由松命

一

しゃぼん玉は微風に舞い飛び、七色に煌《きら》めいた。

今日は此れ迄だ……。

由松は、しゃぼん玉液の無くなった空の小さな竹筒と息吹きの葦《あし》の茎を箱に仕舞い、店仕舞いを始めた。

「やあ。由松の兄い、早仕舞いですかい……」

地廻りの長吉《ちょうきち》は、由松に声を掛けた。

「地廻りの長吉か。何だか気が乗らなくてな。今日は此れ迄にするが、阿漕《あこぎ》な真似をしたら只じゃあ済まねえぜ」

由松は脅した。

「分かっていますよ。じゃあ、又……」

長吉は、薄笑いを浮かべて立ち去った。

「じゃあ、皆さん、お先に御免なすって……」

由松は、七味唐辛子売りたち行商人仲間に会釈をし、露店の連なる湯島天神《ゆしまてんじん》参道を後にした。

参拝客の行き交う湯島天神の参道の空には、割れずに残った幾つかのしゃぼん玉が舞い飛んだ。


翌朝早く。

南町奉行所定町廻り同心の神崎和馬は、迎えに来た新八と不忍池に急いだ。

不忍池は、朝の日差しに煌めいていた。

和馬と新八は、不忍池の畔の道を進んだ。

畔の雑木林の傍にいた自身番の者と木戸番は、和馬と新八を迎えた。

朝陽は斜光となり、雑木林に差し込んでいた。

岡っ引の柳橋の幸吉は、下っ引の勇次と枯葉の上に倒れている年増の死体を検めていた。

年増は眼を惹く美人でも醜女《しこめ》でもなく、平凡な顔立ちの女だった。

「親分、和馬の旦那です」

勇次が、やって来る和馬と新八を示した。

「御苦労さまです……」

幸吉は迎えた。

和馬は、年増の仏に手を合わせ、死体の首の絞められた痕を見た。

「絞め殺されたか……」

和馬は眉をひそめた。

「ええ。ざっと見た処、他に刺し傷や切り傷などはありません」

幸吉は、年増の仏を示した。

「そうか。で、名前と身許《みもと》は……」

和馬は尋ねた。

「そいつは未だですが……」

幸吉は眉をひそめた。

「ですが、どうかしたか……」

和馬は、戸惑いを浮かべた。

「此奴《こいつ》を見て下さい」

幸吉は、厳しい面持ちで年増の仏の左腕の袖を捲《まく》り、二の腕を露わにした。

年増の仏の左の二の腕には、『由松命』と彫られた古い刺青《いれずみ》があった。

「由松命……」

和馬は眉をひそめた。

「ええ……」

幸吉と勇次は頷いた。

「親分、由松命って、まさか由松さんの……」

新八は戸惑い、緊張した。

「遅くなりました……」

由松がやって来た。

「おう。由松、来たか……」

和馬、幸吉、勇次、新八は迎えた。

「ええ。笹舟に顔を出したら、不忍池の畔で仏が見付かり、親分たちが出掛けたと聞きましてね」

「そうか。ま、仏さんの顔を見てくれ……」

幸吉は、筵《むしろ》を捲《めく》って年増の顔を見せた。

由松は、年増の仏の顔を見詰めた。

和馬、幸吉、勇次、新八は、年増の仏を見た由松の反応を窺った。

「名前と身許は……」

由松は、毛筋程の動揺も見せなかった。

「そいつが未だなんだが……」

幸吉は、年増の仏の左腕に彫られた『由松命』の古い刺青を見せた。

由松は、『由松命』の古い刺青を見て眉をひそめた。

和馬、幸吉、勇次、新八は、由松の出方を見守った。

「由松命ですかい……」

由松は、古い刺青を読んだ。

「ああ。覚えはないのかな……」

幸吉は尋ねた。

「ええ。ありません。此の由松は、あっし以外の二枚目の由松ですよ」

由松は苦笑した。

「そうか。由松違いか……」

幸吉は、小さな笑みを浮かべた。

「ええ……」

由松は頷いた。

「ま、違って良かったよ」

和馬は笑った。

勇次と新八は、安堵の溜息を吐いた。

「神崎さま、柳橋の親分さん……」

自身番の者が、料理屋の女将と仲居頭を案内して来た。

「おう。どうした……」

「茅町《かやちょう》の料理屋の女将さんたちが、仏さんは店の通いの仲居かもしれないと……」

自身番の者が告げた。

「おう。そうか。ま、仏さんを拝んでやってくれ」

和馬は、料理屋の女将と仲居頭に告げた。

「は、はい……」

料理屋の女将と仲居頭は、年増の仏に手を合わせて顔を覗き込んだ。

「お、女将さん……」

仲居頭は、声を引き攣《つ》らせた。

「ええ。おすみさんだ……」

女将は、顔色を変えて頷いた。

「おすみ……」

和馬は訊き返した。

「はい。うちの通いの仲居のおすみさんです」

女将は、声を震わせた。

年増の仏は、茅町の料理屋『若柳《わかやなぎ》』の通いの仲居のおすみだった。

おすみは、昨日の戌《いぬ》の刻五つ（午後八時）に通いの仲居の仕事を終え、料理屋『若柳』を出て妻恋町《つまこいちょう》の家に帰った筈だった。

「で、女将、おすみが誰かに恨まれていたなんて事はなかったかな」

和馬は尋ねた。

「さあ、良くは分かりませんが、恨まれていたなんて事はなかったと思いますよ」

　女将は眉をひそめた。

「そうか……」

　和馬は頷いた。

「じゃあ和馬の旦那、あっしたちはおすみの昨夜の足取りと身辺を洗ってみます」

「うむ。じゃあ、俺は秋山さまに報せて来るよ」

　和馬は告げた。

「はい……」

　幸吉は、勇次と新八におすみの足取りを追わせ、由松と妻恋町にあるおすみの住む椿《つばき》長屋に向かった。

　妻恋町椿長屋は、木戸の傍に一本の椿の木があった。

　幸吉と由松は、赤ん坊の泣き声の響く椿長屋のおすみの家を訪れた。

　椿長屋のおすみの家は薄暗くて狭く、大した調度品もなく質素だが綺麗に掃除がされていた。

幸吉と由松は、狭い家の中を検めた。

家の中には、恨まれているような荒《すさ》んだ気配は感じられなかった。

幸吉と由松は、井戸端で洗い物を始めた初老のおかみさんに話を聞く事にした。

「おすみさんですか……」

初老のおかみさんは、洗い物の手を止めて胡散臭そうな眼を向けた。

「ああ、あっしたちはこう云う者でね……」

幸吉は、懐の十手を見せた。

「あら。親分さんかい……」

初老のおかみさんは苦笑した。

「おかみさん、おすみさんってどんな人かな」

「ま。若い頃はいろいろあって苦労したようだけど、真面目な働き者、物静かで穏やかな人ですよ」

「一人暮らしのようだが、情夫《おとこ》はいないのかな」

「さあ、おすみさん、昼から夜迄、不忍池の畔にある若柳って料理屋で仲居をして働いているからね。もし、情夫《おとこ》がいても、此処に来る事は……」

「滅多にないか……」

「ええ。あっ、そうだ……」

初老のおかみさんは、何かを思い出した。

「どうしました……」

「昨夜、地廻りの長吉が来ていたような」

初老のおかみさんは眉をひそめた。

「来ていたようなってのは……」

「私が井戸端に出た時、長吉が木戸から出て行ったんですが、どうもおすみさんが留守の家に来ていたように思えたんですよ」

「地廻りの長吉ですかい……」

由松は尋ねた。

「ええ……」

「知っているのか、長吉……」

「ええ。地廻りの天神《てんじん》一家の長吉。湯島天神や神田明神をうろうろしていますよ」

由松は、長吉を知っていた。

「ねえ、親分。おすみさん、昨夜から帰って来ていないんだけど、どうかしたのかい」

初老のおかみさんは尋ねた。

「うん。おすみさん、昨夜、殺されてね」

幸吉は告げた。

昨夜、おすみは戌の刻五つに料理屋『若柳』を出た。それからの足取り……。

勇次と新八は追った。

茅町の料理屋『若柳』と死体の発見された不忍池の畔の雑木林迄は遠くはなく、人通りは少ない。

勇次と新八は、おすみを見掛けた者を捜したが、見付からなかった。

「見付かりませんね……」

新八は眉をひそめた。

「うん。仕事を終えたおすみは料理屋若柳を出て、雑木林の前を抜け、明神下の通りに出て、妻恋坂を上がり、妻恋町の椿長屋に帰るか……」

「そうか……」

勇次は、おすみの帰る道筋を読んだ。

「ええ。で、下手人はおすみを待ち伏せをして雑木林に連れ込んだか、料理屋若柳から後を尾行《つけ》て襲ったか……」

新八は読んだ。

「うん。だとしたら、距離が短か過ぎて見た者はいないのかもしれないか……」

勇次は、辺りを見廻した。

不忍池は眩しく煌めいていた。


「由松命……」

久蔵は眉をひそめた。

「はい。仏の左の二の腕に。随分と昔に入れた刺青ですが。ま、柳橋の由松とは拘わりのない別人ですが……」

和馬は苦笑した。

「そうか。して、その仲居のおすみ、首を絞められて殺されていたのだな」

「はい。今、柳橋が、仏の足取りと身辺の洗い出しを急いでいます」

和馬は告げた。

「うむ。金の入った財布が無事だった処を見れば辻強盗ではないのは確かだな」

「はい。恨みか、他に何かの事件に拘っての事なのか……」

和馬は読んだ。

「うむ。ま、柳橋の調べの首尾を待ってからだな……」

「はい……」

「由松命か……」

久蔵は呟いた。


湯島天神の境内は、多くの参拝客で賑わっていた。

幸吉と由松は、地廻り天神一家の長吉を捜した。だが、地廻りの長吉は、湯島天神の境内にはいなかった。

由松は、参道の露店の連なりを訪れ、七味唐辛子売りの藤助《とうすけ》に長吉の事を尋ねた。

「ああ。長吉の野郎なら朝方うろうろしていたけど、もう切通《きりどお》しの天神一家に引き上げたのかもしれないな」

藤助は読んだ。

幸吉と由松は、長吉が盃《さかずき》を貰っている地廻り天神一家に向かった。

地廻りの元締天神の宗兵衛《そうべえ》の家は、湯島天神裏の切通町《きりどおしまち》にあった。

「邪魔するぜ……」

幸吉と由松は、天神一家を訪れた。

「どちらさんですかい……」

三下が框《かまち》に出て来た。

「柳橋の幸吉だが、長吉はいるかい……」

幸吉は、懐の十手を見せて尋ねた。

「へ、へい。ちょいとお待ちを……」

三下は、奥に行こうとした。

「待ちな……」

由松は呼び止めた。

「へい……」

「長吉がいるか、いないかだ……」

由松は、三下を静かに見据えた。

「そ、それは……」

三下は怯えた。

「長吉に御用ですかい、柳橋の親分さん……」

地廻りの元締天神の宗兵衛が、肥った身体を揺らして奥から現れた。

「やあ。天神の宗兵衛。子分の長吉はいるかい……」

幸吉は、宗兵衛に訊いた。

「梅次《うめじ》。長吉はいるのか……」

宗兵衛は、三下を梅次と呼んだ。

「いえ。朝、見廻りに出掛けた切りですが……」

三下の梅次は、微かな怯えを過ぎらせた。

「お聞きの通りですぜ。親分さん……」

宗兵衛は、狡猾《こうかつ》な笑みを浮かべた。

「じゃあ、長吉、何処で何をしているのか分かるかな」

幸吉は、宗兵衛を見据えた。

「さあて、情婦《おんな》の処にでもしけ込んでいるのかもしれません」

宗兵衛は、嘲りを浮かべた。

「長吉の情婦《おんな》、何処の誰だ」

「さあて、お店のお内儀に料理屋の仲居、いろいろいるようでしてね」

「料理屋の仲居ってのは、おすみって女の事か……」

由松は訊いた。

「そうなのか……」

宗兵衛は、三下の梅次に尋ねた。

「へ、へい。長吉の兄貴と古くからの付き合いだそうです」

三下の梅次は告げた。

穏やかで物静かなおすみは、地廻りの長吉と古い付き合いなのだ。

「由松……」

幸吉は、微かな戸惑いを滲ませた。

「ええ……」

由松は眉をひそめた。

幸吉と由松は、おすみの違った顔を見た思いだった。

地廻り長吉の行方は分からなかった。

幸吉と由松は、地廻り天神一家を後にした。

「穏やかで物静かなおすみが、地廻りの長吉と古い付き合いとはな……」

幸吉は眉をひそめた。

「ええ。あっしたちが思っていたおすみとちょいと違うようですが。ま、二の腕に刺青を入れているのをみれば、それ程、妙な事でもないのかもしれませんね」

由松は読んだ。

「うむ……」

「で、此れから長吉を追いますか……」

幸吉は頷いた。

「うん。だけど、そいつは勇次たちにやって貰う。由松、お前はおすみがどんな風に世間を渡って来たのか、ちょいと調べてみてくれ」

幸吉は命じた。

「おすみがどんな風に世間を渡って来たのかですか……」

由松は眉をひそめた。

「ああ。ちょいと気になってな……」

幸吉は苦笑した。

「分かりました。おすみの昔を追ってみます」

由松は頷いた。

地廻り天神一家の長吉は、おすみ殺しに何らかの拘りがあるのかもしれない。

幸吉は、勇次、新八、清吉に地廻りの長吉を追わせた。

由松は、殺されたおすみの生涯を遡《さかのぼ》ってみる事にした。

二

不忍池には水鳥が遊び、畔には木洩れ日が揺れていた。

由松は、料理屋『若柳』を訪れた。

女将のおとせは、由松を帳場脇の小座敷に通し、茶を差し出した。

「どうぞ……」

「ありがとうございます。今日はおすみさんの事をちょいとお伺いに参りました」

「はい。で……」

「おすみさん、此方で通いの仲居の仕事をする迄は何処で何をしていたのか、御存知ですか……」

「はい。おすみはうちに来る迄は、米問屋の御隠居さまの囲われ者でしたが、去年の春に御隠居さまが病で亡くなって暇を出され、それでうちの仲居になったんですよ」

「米問屋の御隠居さまの囲われ者ですか……」

おすみは、料理屋の仲居の前には、米問屋の隠居の妾をしていた。

由松は知った。

「ええ。三年程、囲われていたそうでしてね。良く気の付く、働き者でしたよ」

「そうですか。で、何処の米問屋の御隠居さまにございますか……」

「柳橋の親分さんの御身内ですから、お話ししますが、鎌倉河岸は鎌倉町の米問屋大黒屋《だいこく》の御隠居の義十《ぎじゅう》さまだと、おすみに聞いた覚えがありますよ」

女将のおとせは告げた。

「鎌倉河岸の米問屋大黒屋の御隠居の義十さまですか……」

「ええ。それでおすみ、子供の頃からの長い年季奉公が漸く終わったと、そりゃあもう、仲居の仕事を一生懸命、楽しそうにやっていたのに……」

女将のおとせは、涙を滲ませた。

「そうですか。それで女将さん、おすみさん、男出入りの方はどうでしたか……」

「男は懲り懲り、もう沢山だと云っていましてね。男っ気はなかったように見えましたよ」

女将のおとせは眉をひそめた。

「そうですか……」

「尤《もっと》も、二の腕の刺青は子供の頃の悪戯《いたずら》だけど、今でもやっぱり由松さんが一番、生きているのか死んでいるのか、何処にいるのかも分からないけど、由松命だって笑っていましたけどね……」

女将のおとせは苦笑した。

おすみは、今でも昔の男の〝由松〟を慕って二の腕の刺青を消さずにいたようだ。

由松は、おすみと云う女を読んだ。

二の腕に男の名を彫っていたおすみ……。

穏やかで物静かなおすみ……。

地廻りの長吉と拘わりのあるおすみ……。

良く気の付く、働き者のおすみ……。

由松は、おすみの様々な顔を知った。

「そう云えば、兄さんも由松さんって云うんですねえ」

女将のおとせは、由松に笑い掛けた。

「ええ。ですが、あっしの此れ迄の暮らしの中におすみさんって女はいなく、艶っぽい話もありませんでしてね。偶々《たまたま》同じ名前の別人ですよ」

由松は苦笑した。

湯島天神の裏、湯島切通町の地廻り天神一家に出入りする者は少なく、長吉らしい地廻りはいなかった。

三下の梅次は、天神一家の表に出て来て掃除を始めた。

「あの三下が梅次ですかね……」

清吉は、三下の梅次を見詰めた。

「ああ。親分に聞いた人相風体と同じだ。間違いないだろう」

勇次は頷いた。

「それにしても長吉の野郎、おすみ殺しに拘っているから姿を消したんでしょうね」

新八は読んだ。

「きっとな。親分、長吉の事はあの三下の梅次が知っているかもしれないとな……」

勇次は告げた。

三下の梅次は、掃除を終えて店に入って行った。

勇次、新八、清吉は、地廻り天神一家を見張った。

僅かな刻が過ぎた。

三下の梅次が天神一家から現れ、不忍池の畔に向かった。

「勇次の兄貴……」

清吉は、指示を仰いだ。

「よし。俺は元締の宗兵衛を見張る。清吉と新八、二人で梅次を追ってくれ」

勇次は命じた。

「合点です」

清吉と新八は、三下の梅次を追った。

鎌倉河岸の米問屋『大黒屋』では、人足たちが番頭たちの差配で荷船から米俵を降ろして店の米蔵に運んでいた。

由松は、米問屋『大黒屋』を訪れた。


老番頭の勘三郎《かんざぶろう》は、由松を店の小部屋に誘った。

「去年、亡くなった御隠居の義十さまの事ですか……」

老番頭の勘三郎は、小さな白髪髷《まげ》を載せた頭を傾けて由松を見詰めた。

「はい……」

「して、どのような……」

勘三郎は促した。

「付かぬ事をお伺いしますが、御隠居の義十さま、妾を囲っていたそうですね」

由松は尋ねた。

「ああ。おすみさんですか……」

勘三郎は、白髪眉をひそめた。

「はい。囲っていたのは、何年位ですか……」

「三年位ですか……」

「御隠居さま、どんな経緯《いきさつ》でおすみさんを囲われたんですか……」

由松は尋ねた。

「経緯ですか……」

「はい……」

「随分と昔になりますが、岡場所の女郎だったおすみさんと出逢いましてね。御隠居さま、随分と気に入られまして、通うようになったんですよ」

勘三郎は苦笑した。

「岡場所の女郎……」

おすみは、隠居の義十に囲われる迄、岡場所の女郎だった。

由松は知った。

「ええ。おすみさんは若い頃から泥水に浸かって生きて来た割には、純で一途な処があって、御隠居さまはその辺が気に入られたようでしてねえ」

「そうですか……」

純で一途な女郎か……。

「ですが、そうしている内におすみさんに身請《みう》け話が持ち上がりましてね……」

「御隠居の義十さまが、先に身請けをしましたか……」

由松は読んだ。

「ええ。で、御隠居さま、入谷《いりや》に隠居所を買っておすみさんを囲ったんですが……」

「御隠居さま、去年の春、亡くなられたんですね」

「ええ。それで旦那さまは、御隠居さまの御弔《おとむら》いが終わった後、おすみさんに纏《まと》まったお金を渡して拘りを綺麗に始末し、最早おすみさんと米問屋の大黒屋は何の拘りもない筈なのですが……」

勘三郎は、由松を見詰めた。

「そうですね……」

由松は頷いた。

「ええ……」

「では番頭さん、義十の御隠居さまがおすみさんと出逢った岡場所は何処ですか……」

由松は尋ねた。

「深川の岡場所の松葉屋《まつばや》ですよ」

勘三郎は告げた。

「深川の岡場所の松葉屋……」

由松は眉をひそめた。

深川の岡場所、女郎屋『松葉屋』は由松が子供の頃に奉公した豆腐屋の取引先であり、豆腐を届けに行った事があった。

「ええ……」

「番頭さん、女郎の頃のおすみさんの馴染客に由松と云う男がいたかどうか、御存知ありませんか……」

「由松……」

「はい……」

「おすみさんの二の腕の刺青の事なら御隠居さまから聞いておりますが、由松なんて馴染客はいなかったようですよ」

勘三郎は首を捻った。

「そうですか……」

由松は頷いた。

入谷鬼子母神《きしもじん》の境内には、幼子たちの遊ぶ声が楽し気に響いていた。

地廻り天神一家の三下の梅次は、鬼子母神の前を通って古い寺の山門を潜った。

新八と清吉は、山門に駆け寄って境内を窺った。

梅次は、軽い足取りで境内を横切り、奥の庫裏に入って行った。

「京仙寺《きょうせんじ》か……」

新八は、山門に掲げられている古い扁額を見上げた。

「どうする……」

清吉は、新八に出方を訊いた。

「梅次の野郎が誰と逢っているのか、見届けるか……」

「よし……」

新八と清吉は、小走りに庫裏に向かった。


新八と清吉は、庫裏の腰高障子の左右に張り付いた。

庫裏の中からは、二人の男の声が聞えた。

「じゃあ何か。長吉は行方を晦《くら》ましたのか……」

男の野太い声が聞えた。

「はい。で、元締も一家の者たちに捜させているのですが、未だ……」

三下の梅次の声がした。

「長吉の野郎。まったく、何を血迷いやがったのか……」

男の野太い声が吐き棄てた。

「で、百造《ももぞう》のお頭、和尚の明雲《みょううん》さんは……」

「明雲なら檀家廻りだ」

「そうですか……」

新八と清吉は、緊張を滲ませて頷き合い、庫裏から離れた。

清吉は、京仙寺の山門の陰から庫裏を窺った。

「聞いたか……」

「ああ。三下の梅次、百造って奴をお頭って呼んでいたな……」

新八は眉をひそめた。

「うん。それに和尚の明雲か……」

三下の梅次が、初老の寺男と庫裏から出て来た。

新八と清吉は、物陰に素早く隠れた。

梅次は、初老の寺男に挨拶をして京仙寺の山門に向かった。

「あの寺男が百造だな……」

清吉は睨んだ。

「ああ……」

三下の梅次は、京仙寺の山門を出て鬼子母神に向かった。そして、初老の寺男の百造は庫裏に戻った。

「どうする……」

「梅次を追ってくれ。俺は京仙寺を調べてみる」

「承知。じゃあな……」

清吉は、梅次を追った。

新八は見送り、京仙寺の見張りに就いた。

僅かな刻が過ぎた。

袈裟を纏《まと》った僧侶が、風呂敷包みを抱えてやって来た。

京仙寺の住職の明雲か……。

新八は、木陰に隠れて僧侶を見守った。

僧侶は、京仙寺の山門を潜って庫裏に向かって行った。

京仙寺の住職の明雲だ……。

新八は見定めた。

明雲は庫裏に入り、腰高障子を閉めた。

新八は、山門の陰から境内を駆け抜け、庫裏の腰高障子の脇に張り付いた。

「で、宗兵衛の元締は、何と云って来たんですかい……」

初めて聞く男の声が、庫裏から聞こえた。

住職の明雲だ……。

「うむ。金の殆どは、長吉の野郎が持ち逃げしたそうでな。今、一家の者共に捜させているんだが、未だ見付からないそうだ」

寺男の百造の野太い声がした。

「長吉ですか……」

「ああ。下手に追い詰めて町奉行所に駆け込まれなきゃあ、いいんだがな……」

百造は心配した。

「ええ……」

住職の明雲は頷いた。

妙だ……。

新八は、住職の明雲と寺男の百造の遣り取りに微かな違和感を覚えた。

それは、住職の明雲が寺男の百造の下手に出ていたからだった。

普通、寺の主は住職だが、京仙寺では違うようなのだ。

只の寺じゃあない……。

新八は、京仙寺が普通の寺ではないのを知った。


天神一家には、出掛けていた地廻りたちが戻って来ていた。

勇次は、見張り続けた。

三下の梅次が帰って来た。

勇次は見届けた。

「戻りました……」

清吉が、勇次の許に現れた。

「おう。どうだった……」

「はい。梅次の野郎、入谷の京仙寺って寺に行きましてね……」

清吉は、梅次と京仙寺の寺男の百造との遣り取りと、新八が見張りに就いた事を報せた。

「で。こっちは……」

「うん。出掛けていた地廻り共が戻って来ているぜ……」

南町奉行所の庭に木洩れ日が揺れた。

「お呼びですか……」

和馬は、久蔵の用部屋を訪れた。

「おう。入ってくれ……」

久蔵は、文机で書類を書きながら告げた。

「はい……」

和馬は、久蔵の用部屋に入った。

「和馬。今日、此奴が小田原藩《おだわらはん》の町奉行所から届いた……」

久蔵は、一通の書状を差し出した。

「小田原藩の町奉行所から……」

「ああ。関八州《かんはっしゅう》を荒らし廻っている盗賊の夜桜の万造《まんぞう》が江戸に潜り込んだとの報せだ」

関八州とは、相模《さがみ》、武蔵《むさし》、安房《あわ》、上総《かずさ》、下総《しもうさ》、常陸《ひたち》、上野《こうずけ》、下野《しもつけ》の八か国の事だ。

「夜桜の万造ですか……」

和馬は、怪訝な面持ちで書状を読み始めた。

「うむ。江戸では聞かぬ名の盗賊だが、何を血迷って江戸に来るのか……」

久蔵は苦笑した。

「盗賊夜桜一味、名に似合わない外道働きの盗賊のようですね」

和馬は、書状を読み終えた。

「ああ。夜桜一味に容赦は無用だ」

久蔵は命じた。

「心得ました」

和馬は頷いた。

「して和馬、おすみ殺しはどうなった」

「はい。おすみと拘わりがある地廻りの長吉の行方が未だ掴めなく、柳橋が地廻りの天神一家の者たちの動きを見張っています」

和馬は告げた。

「地廻りの長吉か……」

「はい……」

「して、殺されたおすみの二の腕の彫り物の由松、何処の誰か分かったのか……」

久蔵は尋ねた。

「いいえ。未だ……」

「そうか。よし、その辺りも含めて、おすみの生涯を追ってみるのだな」

久蔵は命じた。


深川の岡場所は、深川八幡宮創建以来続いており、何カ所かあった。その岡場所の中でも仲町は一番の賑わいだった。

由松は、厳しい面持ちで仲町の賑わいに進んだ。

久し振りの深川仲町だ……。

由松は、十二歳の頃、深川仲町の豆腐屋に奉公に出されて小僧働きをしていた。

その頃の思い出に楽しかった事など、一切なかった。

そして、由松は朝の早い豆腐屋の仕事を嫌い、奉公先を飛び出して悪い仲間に入った。

二十年も昔の話だ……。

以来、由松は深川仲町には、お役目で訪れる以外に近付いてはいなかった。

由松は、女郎の並ぶ籬《まがき》の連なる女郎屋の間を進んだ。

三

深川仲町の岡場所は賑わっていた。

由松は、連なる籬の内にいる女郎たちを見ながら女郎屋の間を進んだ。

やがて、女郎屋『松葉屋』が見えて来た。

女郎屋『松葉屋』は、殺されたおすみが米問屋『大黒屋』隠居の義十に身請けされる迄、女郎をしていた店だった。

由松は、小さな溜息を吐いて女郎屋『松葉屋』の暖簾を潜った。

「おいでなさい……」

男衆が由松を迎えた。

「おう。親方の清左衛門《せいざえもん》さまはいるかな……」

由松は、男衆に尋ねた。

「あの、お客さんは……」

男衆は、由松に警戒の眼を向けた。

「あっしは、お上の御用を承っている柳橋の幸吉の身内だが……」

由松は、小さく笑ってみせた。

「そいつはどうも。ちょいとお待ち下さい……」

男衆は、奥に入って行った。

女郎屋の土間と帳場は、籬で客を待つ女郎たちの白粉の匂いに満ちていた。

おすみも此処の籬に座っていた……。

由松は、籬に座っている女郎たちを窺った。

「お待たせ致しました。親方が逢うそうです」

男衆が戻って来た。

由松は、出された茶を啜った。

「やあ。お待たせしましたね」

禿《は》げ頭の小柄な年寄りが現れた。

「あっしは、岡っ引の柳橋の幸吉の身内の由松と申します。松葉屋の清左衛門の親方ですか……」

由松は、小柄な年寄りの清左衛門を見詰めた。

「ああ。松葉屋の清左衛門ですよ。柳橋の幸吉親分ってのは、南の御番所の秋山久蔵さまの御信頼の厚い……」

清左衛門は、由松に探る眼を向けた。

秋山さまを知っている……。

由松は読んだ。

「左様にございます。あっしが此方にお伺いしたのも、秋山さまのお指図……」

嘘も方便だ……。

由松は、清左衛門を見詰めた。

「そうですか。で、御用とは……」

清左衛門は、笑みを浮かべた。

「はい。松葉屋におすみと云う女郎がいましたね」

由松は、切り出した。

「おすみですか……」

清左衛門は眉をひそめた。

「ええ。四年前に鎌倉河岸の米問屋大黒屋の御隠居さまに身請けされた女郎です」

「ああ。大黒屋の御隠居さんに身請けされたおすみですか……」

清左衛門は、おすみを覚えていた。

「はい……」

「おすみ、どうかしたのですか……」

清左衛門は、由松に怪訝な眼を向けた。

「実はおすみ、何者かに殺されましてね」

由松は、清左衛門を見据えて告げた。

「殺された……」

清左衛門は驚き、息を飲んだ。

「はい。それで、おすみの昔の事を調べているのですが……」

清左衛門の驚きに嘘はない……。

由松は感じた。

「そうでしたか、おすみがねえ。可哀想に……」

清左衛門は、おすみを哀れみ、小さな吐息を洩らした。

「親方、おすみ、此処にいた頃は、どんな女郎でしたか……」

「そりゃあ、大黒屋の御隠居さんに身請けされたぐらいですから気立てが良く、物静かな人柄でしたよ」

清左衛門は、おすみを誉《ほ》めた。

「客や女郎仲間と揉《も》めたり、恨まれたりした事はありませんでしたか……」

「さあ。おすみに限って、そんな事はなかったと思いますが……」

清左衛門は首を捻った。

「そうですか。それで親方、おすみの客に長吉って奴はいませんでしたかねえ……」

「長吉ですか……」

「はい。湯島は天神一家の地廻りですが……」

「さあ、いたような気もしますが……」

「はっきりしませんか……」

「はい。ま、詳しい事は、私より朋輩《ほうばい》か遣《や》り手《て》に訊いた方が分かるかもしれないね」

清左衛門は告げた。

「はい……」

由松は頷いた。

清左衛門は、おすみの朋輩の女郎で今は遣り手をしているおくめを呼んでくれた。

「此奴はありがとうございます」

由松は、おくめを呼んでくれた清左衛門に礼を述べた。

「いえ。私は座を外すので、何でも訊いて下さい」

清左衛門は、座敷から出て行き、代わりに地味な形の遣り手が入って来た。

遣り手とは、女郎を取締り、万事を切り廻すのが仕事であり、女郎上がりの者もいた。

「おくめにございます」

おくめは、おすみより三、四歳年上の地味な形をした年増だった。

「やあ。忙しい処、すまないな」

由松は労った。

「いえ。親分さん、おすみちゃん、殺されたんですって……」

おくめは、涙を滲ませた。

「うむ。それで、おすみが女郎の頃に憎み合ったり、恨み合ったりした者はいなかったかと思ってね」

「おすみちゃんと憎み合ったり、恨み合ったりした人ですか……」

おくめは眉をひそめた。

「ええ……」

由松は頷いた。

「おすみちゃん、私と違って、そりゃあもう、大人しくて優しい人で、女郎仲間と揉めたり、喧嘩をする事もなく、どんなお客の相手でもしていましたからねえ。憎まれたり恨まれたりするなんて、ありませんでしたよ」

おくめは、滲む涙を拭い続けた。

「そうですか……」

「おすみちゃん、嫌な事や辛《つら》い事、それに哀しい事があっても、じっと我慢して……」

「じっと我慢……」

「ええ。子供の頃に女郎屋に年季奉公に出され小女として扱《こ》き使われ、やがて女郎にされて、泥水啜って生き抜いて……」

おくめは、涙声を震わせた。

「子供の頃に年季奉公か……」

岡場所の女郎の殆どは、おすみと同じ年季奉公の者だった。

年季奉公の期限を全うした時には、新たな借金が出来ており、奉公が終わる時は容易に訪れなかった。

それは、おすみに限った話ではなく、女郎屋に口減らしの年季奉公に出された少女の辿る道だった。

「ええ。長い間、嫌って程の苦労をして来て、米問屋の御隠居さまに身請けされ、客を取らなくても良くなって。そして、御隠居さまも亡くなり、漸く何の柵《しがらみ》もなくなって……」

おくめは泣いた。

「椿長屋に越し、料理屋若柳で仲居として通い奉公を始めた……」

由松は、おすみの暮らしに漸く小さな明かりが灯ったのを知った。

「はい。漸く摑んだ幸せ、人並みの暮らし……」

おくめは、泣きながら笑った。

「おすみは良く耐えたな……」

由松は頷いた。

「ええ。おすみちゃんには優しい人がいましてね。どんな時でも励ましてくれる……」

おくめは告げた。

「おすみの優しい人。どんな人ですか……」

「さあ、逢った事がないので……」

おくめは、首を捻った。

「ひょっとしたら、由松命かな……」

由松は訊いた。

「ええ。左の二の腕に彫られた由松命、おすみちゃんはどんなに辛くて哀しい時でも、私には由松さんがいてくれる。いつも一緒にいて、頑張れと励ましてくれていると……」

おくめは、懐かしそうに眼を細めた。

「おくめさん、おすみが二の腕に彫った由松ってのはどんな人かな……」

「おすみちゃん、年季奉公に来た子供の頃、女将さんや女中頭、遣り手の婆さんたちに怒られて泣いていた時やお腹を空かしていた時、励ましてくれたり、塩むすびをくれた出入りのお店の小僧さんがいたそうでしてね……」

「塩むすび……」

由松は眉をひそめた。

「ええ。何処かのお店の小僧さんで、松葉屋に品物を納めに来て、おすみちゃんが土蔵の裏で泣いていると励まし、自分で握った不格好な塩むすびを分けてくれたそうでしてね。嬉しかったんでしょうね。だから、おすみちゃん、女郎になってから……」

「由松命と二の腕に彫った……」

由松は読んだ。

「ええ。その小僧さんの名前だそうでね。小僧さんはそれから来なくなったけど、おすみちゃん、いつも一緒だと、二の腕に由松命と彫ったそうですよ」

おくめは、吐息混じりに告げた。

「そうですか……」

由松は、微かに声を震わせた。

「何も分からず、心細い子供の頃に優しくしてくれた小僧の由松さん、おすみちゃんには忘れられなかったんでしょうね」

「おすみか……」

由松は、哀し気に呟いた。

柳橋の船宿『笹舟』は、夕暮れの川風に暖簾を揺らしていた。

「入谷の京仙寺……」

幸吉は眉をひそめた。

「はい。地廻りの天神一家の三下が出入りをしていましてね。住職は明雲、寺男は百造と云う者だとか……」

勇次は報せた。

「京仙寺か……」

「ええ。地廻りの天神一家と拘わりがあるのなら、只の寺じゃあないのかも……」

「怪しい寺か……」

「はい。で、新八が見張っています」

勇次は告げた。

「うん……」

幸吉は頷いた。

「お前さん、神崎の旦那がお見えですよ」

襖《ふすま》の外でお糸の声がした。

「おお。お入り願え……」

お糸が返事をし、襖を開けた。

「邪魔をするぞ……」

和馬が入って来た。

勇次は、脇に控えた。

「柳橋の。小田原藩の町奉行所から報せが来てな。関八州を荒らしている盗賊の夜桜の万造が江戸に潜り込んだそうだ……」

和馬は、幸吉のいる長火鉢の前に座った。

「盗賊の夜桜の万造……」

幸吉は、厳しさを滲ませた。

「ああ……」

「どうぞ……」

お糸が茶を淹れ、和馬に差し出した。

「忝《かたじけな》い……」

和馬は、茶を啜った。

「夜桜の万造、余り聞かない盗賊ですね」

勇次は眉をひそめた。

「ああ。外道働きの盗賊でな、秋山さまは容赦は無用だと……」

和馬は、厳しい面持ちで告げた。

地廻り天神一家の両開きの腰高障子は閉められ、夕陽に赤く染められていた。

清吉は、物陰から見張った。

「どうだ……」

勇次が、駆け寄って来た。

「地廻りたちが夜の盛り場に見廻りに出掛けましたが、元締の宗兵衛は一歩も家から出ていませんよ」

清吉は、微かな苛立《いらだ》ちを滲ませた。

「そうか……」

勇次は頷き、天神一家を眺めた。

粋な形の年増が、物陰から天神一家を窺っていた。

「清吉……」

勇次は、物陰の女を示した。

「あの年増、何ですかね……」

清吉は眉をひそめた。

粋な形の年増は、物陰を出て不忍池に向かった。

「清吉、追ってみな……」

勇次は命じた。

「合点です」

清吉は、不忍池に向かう粋な形の年増を追った。

勇次は、天神一家を見張った。

不忍池に月影が蒼白く映えた。

粋な形の年増は、不忍池の畔を足早に進んだ。
清吉は尾行た。
粋な形の年増は、不忍池の畔から根津《ねづ》権現《ごんげん》門前町に進んだ。
粋な形の年増は何者なのか……。
何処に行くのか……。
清吉は、粋な形の年増を尾行《つけ》た。
粋な形の年増は、根津権現門前町の盛り場の外れにある暗い小さな飲み屋に入った。
清吉は見届けた。
暗い小さな飲み屋に明かりが灯された。
粋な形の年増が一人で営む飲み屋なのか……。
清吉は読んだ。
僅かな刻が過ぎた。粋な形の年増が店先に現れ、暖簾を掲げた。清吉は見守った。
夜廻りの木戸番の打つ拍子木の音が、ゆっくりと近付いて来た。
よし……。
清吉は、小さな飲み屋を見張りながら夜廻りの木戸番が来るのを待った。

「ああ。あの飲み屋はおときさんの店だよ」

夜廻りの木戸番は、小さな飲み屋を眺めて告げた。

「おときさん……」

「ああ。此の春迄は父親の茂平《もへい》さんと二人でやっていたんだが、茂平さんが病で寝込んで仕舞い、今は娘のおときさんが一人でやっているんだよ」

「おとき、情夫《おとこ》はいませんか……」

清吉は尋ねた。

「いるようですよ」

木戸番は苦笑した。

「どんな奴ですか……」

「名前は知りませんが、何処かの地廻りだって聞いた覚えがあるよ」

「地廻り……」

清吉は眉をひそめた。

地廻り天神一家を窺っていた粋な形の年増は、根津権現門前町の飲み屋の女将のおときであり、情夫《おとこ》は何処かの地廻りだった。

ひょっとしたら長吉かもしれない……。

清吉は、木戸番に小粒を握らせ、勇次に報せるように頼んだ。

木戸番は、小粒を握り締めて頷き、足早に立ち去った。

清吉は、物陰からおときの飲み屋を窺った。

飲み屋の腰高障子に男の影が映った。

男の影……。

飲み屋には、おときが帰って来る迄、誰もいなかった筈であり、その後に訪れた者はいない。

それなのに男の影……。

男は、おときが帰る迄、明かりを灯さずに暗がりに潜んでいたのだ。

清吉は読んだ。

職人、お店者《たなもの》、おときの飲み屋に客が出入りし始めた。

よし……。

清吉は、客を装っておときの店の中を調べる事にした。

「邪魔するよ……」

清吉は、飲み屋の暖簾を潜った。

「いらっしゃいませ……」

女将のおときは清吉を迎えた。

「おう。酒を頼むよ……」

清吉は、酒を注文して腰高障子の近くに座った。

「はい。只今……」

おときは、板場に入って行った。

板場の奥に部屋がある。

清吉は見定め、店内を見廻した。

店は狭く、職人とお店者の客は馴染らしく言葉を交わしながら酒を飲んでおり、他には誰もいなかった。

地廻りの長吉は奥に潜んでいる……。

清吉は睨んだ。

「お待ちどおさま……」

おときが、清吉に酒を持って来た。

「おう……」

清吉は、嬉し気に酒を飲み始めた。

「お兄さん、初めてですね」

おときは、清吉に話し掛けた。

「うん。こっちに越して来たばかりでね」

「あら、そうなんですか……」

「女将さん、店は一人でやっているのかい……」

「ええ。狭い店ですからね」

「でも、一人じゃあ大変だろう」

「ま、いろいろありますからねえ……」

おときは苦笑した。

「そうか、いざとなると、好い人が助っ人に現れるのかな……」

清吉は笑った。

「まあね……」

おときは笑い、板場の奥をちらりと一瞥した。

板場の奥の部屋に男がいる……。

清吉は睨み、酒を飲んだ。

客が出入りし、半刻が過ぎた。

清吉が、女将のおときに見送られて飲み屋から出て来た。

「ありがとうございました。又来て下さいね」

「ああ。じゃあ……」

清吉は帰り、おときは店に戻って腰高障子を閉めた。

清吉は、暗い路地に戻り、再び斜向《はすむ》かいのおときの店を見張り始めた。

「あの飲み屋か……」

勇次が現れた。

「勇次の兄貴……」

「地廻りの長吉、潜んでいるのか……」

「女将のおときの情夫《おとこ》、どうやら長吉のようなんですが、姿は見せちゃあいません……」

清吉は告げた。

「そうか。よし、見張るぜ……」

勇次は、おときの飲み屋を見詰めた。

四

行燈の灯りは、由松の横顔を照らした。

「子供の頃に口減らしで女郎屋に年季奉公に出され、下働きの下女から女郎にされて、お店の御隠居に身請けされて妾になり、その後、御隠居が亡くなって、漸く何の柵もない綺麗な身体になった……」

由松は、おすみの淋しい生涯を話した。

「それなのに、殺されてしまったか……」

幸吉は、おすみを哀れんだ。

「はい。おすみに限らず、女郎屋に年季奉公に出された娘に良くある話です」

由松は、淡々と告げた。

「うむ。で、地廻りの長吉は……」

「女郎の頃のおすみの客だったかもしれません」

「やはりな……」

幸吉は頷いた。

「はい。それで親分、地廻りの長吉は今……」

「勇次と清吉が網を絞っている」

「そうですか……」

「由松、おすみの二の腕の由松も女郎の頃の客だったのか……」

「いえ。二の腕の由松はおすみが年季奉公に出た頃の知り合いのようです」

「年季奉公に出た頃の……」

幸吉は眉をひそめた。

「はい……」

由松は頷いた。

「そうか、御苦労だったな。で、由松。夜桜の万造って外道働きの盗賊が江戸に潜り込んだらしい……」

幸吉は告げた。

「夜桜の万造……」

由松は眉をひそめた。

行燈の火は、油が切れ始めたのか激しく瞬き始めた。

亥《い》の刻四つ（午後十時）の鐘が鳴り響いた。

町木戸の閉まる刻限であり、飲み屋の客たちは帰りを急いだ。

おときの飲み屋の少ない客たちも、慌てて帰り始めた。

勇次と清吉は見張った。

「どうだ……」

幸吉と由松が現れた。

「未だ、長吉らしい野郎は姿を見せません」

勇次は告げた。

「そうか……」

「らしい野郎が潜んでいるのは、間違いないんですがね」

清吉は苛立った。

「あの飲み屋か……」

由松は、おときの飲み屋を見詰めた。

「ええ……」

勇次は頷いた。

おときが現れ、暖簾を片付けた。

「親分、あっしが踏み込んで長吉かどうか見定めますか……」

由松は告げた。

「うむ。外道働きの盗賊夜桜の万造が江戸に潜り込んだそうだし、のんびり構えちゃあいられない。よし。勇次と清吉、裏を塞げ。由松と俺が踏み込む」

幸吉は命じた。

「承知……」

勇次と清吉は、おときの飲み屋の裏手に廻って行った。

「よし。じゃあ行くか……」

幸吉は十手を握り締め、両手に角手と鉄拳を嵌めた由松を促し、おときの店に向かった。

おときは店内を片付け、地廻りの長吉は湯飲茶碗に満たした酒を飲んでいた。

不意に腰高障子が開き、幸吉と由松が踏み込んで来た。

「長吉……」

由松は怒鳴った。

おときが悲鳴を上げ、長吉は酒の入った湯飲茶碗を幸吉に投げ付けた。

幸吉は、酒を零《こぼ》して飛来した湯飲茶碗を十手で打ち払った。

湯飲茶碗は、音を鳴らして砕け落ちた。

長吉は、匕首を抜いた。

由松は、長吉に飛び掛かって匕首を握る腕を角手を嵌めた左手で摑まえた。

角手の爪が匕首を握る腕に突き刺さり、長吉は悲鳴を上げて仰け反った。

由松は、鉄拳を嵌めた右手で長吉を殴り飛ばした。

長吉は、血を飛ばして倒れた。

勇次と清吉が板場の裏口から踏み込み、倒れた長吉を押さえた。

「長吉、手前か、おすみを殺したのは……」

由松は、長吉の胸倉を鷲摑《わしづか》みにした。

「違う。俺じゃあねえ。おすみを殺ったのは俺じゃあねえ」

「じゃあ誰だ。誰がおすみを殺ったんだ」

由松は、長吉を殺気を含んだ眼で見据えた。

「よ、夜桜の万造だ……」

長吉は、嗄れ声を引き攣らせた。

「夜桜の万造だと……」

幸吉は眉をひそめた。

「ああ。おすみを殺ったのは、盗賊の夜桜の万造だ……」

長吉は、激しく震えた。

「長吉、その場凌《しの》ぎの嘘偽りだったら只じゃ済まねえ……」

由松は、殺気を孕《はら》んだ暗い眼で長吉を見据えた。

「ほ。本当だ。信じてくれ……」

長吉は恐怖に震え、必死に訴えた。

「勇次、清吉。長吉を大番屋に引き立てろ」

幸吉は命じた。


大番屋の壁は冷たく濡れ、燭台の火が映えていた。

地廻りの長吉は、幸吉と由松によって座敷にいる久蔵と和馬の前に引き据えられた。

「その方が地廻りの長吉か……」

和馬は問い質《ただ》した。

「はい……」

長吉は怯え、微かに声を震わせた。

「盗賊の夜桜の万造は、何故におすみを殺したのか、仔細を話して貰おうか……」

和馬は、長吉を鋭く見据えた。

「は、はい。万造は関八州で盗んだ仏像やお宝を湯島の天神一家の宗兵衛の元締に送って売り捌《さば》いて貰っていたのですが……」

「元締の宗兵衛、夜桜の万造の故買屋《こばい》をしているのか……」

「はい。で、あっしがお宝の銀の香炉を勝手に五十両で売り捌いて……」

「それで、夜桜の万造に気が付かれ、追われたのか……」

和馬は読んだ。

「はい。で、偶々昔拘りのあったおすみに匿《かくま》って貰おうとした処、見付かってしまい……」

「お前は逃げたが、おすみは殺されたのか……」

和馬は、長吉に怒りに満ちた眼を向けた。

「は、はい……」

「して長吉。盗賊の夜桜の万造は、今何処に潜んでいるのだ」

「入谷鬼子母神の傍の京仙寺に……」

「入谷の京仙寺……」

「和馬の旦那、京仙寺には新八が張り付いています」

　幸吉は告げた。

「うむ。ならば長吉、京仙寺の住職が夜桜の万造か……」

「いえ。万造は寺男の百造です」

　長吉は告げた。

「寺男の百造……」

「はい。寺男の百造が夜桜の万造です……」

　長吉は頷いた。

「秋山さま……」

「うむ。長吉、今の話に嘘偽りはないな……」

　久蔵は、長吉を見据えた。

「はい。嘘偽りはございません」

長吉は項垂れた。

「よし。和馬、柳橋の、入谷京仙寺に踏み込んで夜桜の万造をお縄にする……」

久蔵は、不敵な笑みを浮かべた。


入谷京仙寺は、住職明雲が朝の経を読む訳でもなく静寂に満ちていた。

新八は、京仙寺を見張り続けていた。

和馬は、捕り方たちに京仙寺の周囲を固めさせた。

「で、新八、京仙寺には今、寺男の百造と住職の明雲の他に誰がいるのだ」

和馬は尋ねた。

「はい。昨夜遅く、旅の坊さんが三人、来ましてね。おそらく夜桜一味の盗賊です」

新八は読んだ。

「ならば今、京仙寺には百造と明雲を入れて都合五人がいるんだな」

和馬は念を押した。

「はい……」

新八は頷いた。

「よし。ならば、俺は庫裏から踏み込む。柳橋は本堂から頼む」

和馬は手配りをした。

「はい。勇次、新八、和馬の旦那のお供をしな。由松と清吉は俺と一緒に本堂からだ」

幸吉は命じた。

「はい……」

勇次、由松、新八、清吉は頷いた。

「忝ない。よし、刃向かう者に容赦は無用だ。勇次、新八、行くよ……」

和馬は、庫裏に向かった。

勇次と新八、捕り方たちが続いた。

「由松、清吉……」

幸吉は、本堂に向かった。

由松と清吉は続いた。

庫裏では、寺男の百造が三人の手下と酒を飲んでいた。

腰高障子に多くの男の影が映った。

「お頭……」

手下の一人が気が付き、顔色を変えた。

刹那、腰高障子が勇次と新八によって蹴り倒され、和馬と捕り方たちが雪崩《なだ》れ込んだ。

「盗賊夜桜の万造、南町奉行所だ。神妙にお縄を受けろ」

和馬は怒鳴った。

「煩《うる》せえ……」

寺男の百造こと盗賊夜桜の万造は、三人の手下に庇《かば》われて奥に逃げた。

和馬、勇次、新八は、三人の手下に襲い掛かった。

三人の手下は、長脇差と匕首を振り翳して和馬、勇次、新八に刃向かった。

怒声が飛び交い、囲炉裏から灰神楽《はいかぐら》が舞い上がった。

和馬は、手下の一人を十手で叩きのめした。

手下は倒れた。

捕り方たちが倒れた手下を押さえ付け、殴り蹴って捕り縄を打った。

勇次と新八は、残る二人の盗賊の手下に猛然と迫った。

二人の手下は、必死に抗った。

和馬、勇次、新八は、二人の手下を廊下の隅に追い詰めた。

捕り方たちは、袖搦《そでがらみ》、六尺棒、寄棒《よりぼう》、刺又《さすまた》などで容赦なく殴り、突いた。

二人の手下は悲鳴を上げた。


夜桜の万造は、方丈《ほうじょう》に逃げた。

方丈では、住職の明雲が長脇差を握り締めていた。

「お頭……」

「逃げるぞ、卯之吉《うのきち》……」

万造は、住職の明雲と手下の卯之吉を促した。

幸吉が、由松や清吉と本堂からやって来た。

「お、お頭……」

卯之吉は、慌てて長脇差を抜いた。

「神妙にしろ、夜桜の万造……」

幸吉は、十手を突き付けて怒鳴った。

万造は、卯之吉を幸吉に突き飛ばして座敷に走った。

「万造……」

由松は追った。

夜桜の万造は、座敷を駆け抜けて縁側から庭に逃げた。

由松は、追って庭に飛び出した。

夜桜の万造は、立ち竦《すく》んだ。

塗笠を目深に被った久蔵が、着流し姿で佇んでいた。

「お、お前は……」

万造は、声を震わせた。

「南町奉行所の秋山久蔵だ……」

久蔵は、目深に被った塗笠を上げて笑った。

「秋山久蔵……」

万造は、顔を恐怖に歪めて身震いした。

由松は、左手に角手を嵌め、右手を握り締めた。

「由松、そいつが田舎盗賊の夜桜の万造か……」

久蔵は訊いた。

「はい。おすみを手に掛けた野郎です」

由松は、微かに声を震わせた。

「うむ。万造、地廻りの長吉と一緒にいたおすみを殺めたのに間違いないな」

久蔵は見据えた。

「おすみかどうかは知らねえが、長吉と一緒にいた女なら、素性を知られたから息の根を止めた迄だぜ」

万造は嘲笑した。

「万造……」

由松は、万造に飛び掛かった。

万造は、匕首を一閃《いっせん》した。

血が由松の左腕から飛んだ。

由松は、構わずに左腕を伸ばして万造の匕首を握る腕の手首を摑み、握り締めた。

角手の爪は、万造の手首に突き刺さった。

万造は仰《の》け反《ぞ》り、匕首を落とした。

由松は、右手の拳で万造の顔を殴った。

万造は、鼻血を飛ばして仰け反った。

由松は、角手を嵌めた左手で万造を引き戻し、尚も万造を殴った。

万造は、血を飛ばして倒れそうになった。

由松は、尚も万造を引き戻し、怒りを込めて殴り続けた。

「由松……」

久蔵は眉をひそめた。

「秋山さま……」

和馬と幸吉が駆け付けた。

「由松……」

和馬と幸吉は驚き、由松を止めようとした。

「待て……」

久蔵は、和馬と幸吉を制した。

「ですが秋山さま、此のままでは万造を殴り殺してしまいます」

幸吉は、由松が人殺しになるのを心配した。

「柳橋の、由松命か……」

久蔵は読んだ。

「は、はい。きっと……」

幸吉は頷いた。

「やはりな……」

久蔵は頷いた。

万造は、血塗《ちまみ》れになって倒れた。

由松は右手を血に染め、倒れた万造の傍に座り込んで乱れた息を鳴らした。

久蔵は、倒れた万造の様子を検めた。

万造は絶命していた。

由松は、乱れた息を懸命に整えようとしていた。

「盗賊夜桜の万造、刃向かいおって……」

久蔵は万造の死体に吐き棄て、刀を抜き打ちに閃かせて鞘に納めた。

由松は眼を瞠り、和馬と幸吉は戸惑った。

「和馬、外道働きの盗賊、夜桜の万造、刃向かったので私が斬り棄てたよ」

久蔵は笑った。

「秋山さま……」

由松は驚いた。

「和馬、柳橋の、捕らえた夜桜一味の盗賊共を大番屋に叩き込め。いろいろ御苦労だったな、由松……」

久蔵は、由松に笑い掛けた。

「秋山さま……」

由松は、座り込んだまま久蔵に深々と頭を下げた。

久蔵は、塗笠を目深に被り直して立ち去った。

由松は、深々と頭を下げ続けた。

久蔵は、湯島切通町の地廻り天神一家に踏み込み、元締の宗兵衛を盗賊夜桜の万造一味の故買屋としてお縄にした。そして、地廻りの天神一家を潰した。

おすみを殺した盗賊夜桜の万造は、久蔵に刃向かって斬り棄てられた。そして、夜桜一味の卯之吉たち盗賊と地廻りの長吉や元締の宗兵衛は、打ち首獄門の刑に処せられた。

久蔵は、一件始末の報告書にそう記した。

おすみ殺しの一件は、盗賊夜桜の万造と一味の者共の捕縛で終わった。

親類縁者のいないおすみは、無縁仏として葬られる。

「それでいいかな、由松……」

久蔵は、由松に尋ねた。

「えっ……」

由松は戸惑った。

「お前が請け人、喪主になるなら俺の知り合いの寺に葬って貰うか……」

久蔵は告げた。

「秋山さま……」

「子供の頃のおすみに優しくした豆腐屋の小僧の由松、由松命はお前だな……」

久蔵は笑い掛けた。

「は、はい。おすみが貰った塩むすびを喜び、忘れたくないので彫ったと聞いて気が付きました。由松命ってのは俺の事で、おすみはいつも泣いていた松葉屋の下働きのおすみちゃんだと……」

由松は告げた。

「そうか。思い出して良かったな……」

「はい……」

「して、どうする。おすみの弔い……」

「お寺の口利き、宜しくお願いします」

由松は、久蔵に頭を下げた。

「うむ。引き受けた……」

久蔵は笑った。

真新しいおすみの墓標は、雲海坊の読む経と線香の紫煙に包まれた。

由松は、おすみの墓に不格好な塩むすびを供えて手を合わせた。

由松命……。

第四話

茶番劇

一

南町奉行所吟味方与力秋山久蔵は、京橋の呉服屋『角菱屋《かくびしや》』の老番頭宇兵衛《うへえ》の訪問を受けた。

「通すが良い……」

久蔵は、宇兵衛を用部屋に通した。

宇兵衛は、老いた顔に疲れを滲ませて久蔵の前に座った。

「お初にお眼に掛かります。手前は京橋の呉服屋角菱屋の番頭、宇兵衛にございます」

宇兵衛は、小さな白髪髷の頭を深々と下げた。

「吟味方与力の秋山久蔵だ」

「急な訪問、お許し下さい」

宇兵衛は詫びた。

「いや。して宇兵衛、用とは何だ……」

久蔵は、宇兵衛を促した。

「はい。此の手紙にお目通しを……」

宇兵衛は、一通の手紙を差し出した。

「手紙……」

久蔵は、手紙を開いて読んだ。

「若旦那の文七《ぶんしち》を殺されたくなければ、百両を用意しろ……」

久蔵は眉をひそめた。

「はい……」

宇兵衛は、喉仏を上下させて頷いた。

「若旦那の文七……」

「はい。文七さまは十七歳になられる呉服屋角菱屋の若旦那にございます」

「その文七を殺されたくなければ、百両を用意しろか……」

久蔵は、厳しさを滲ませた。

「はい……」

宇兵衛は頷いた。

「して、その若旦那の文七、どのような者だ」

「それが、遊びたい盛りの若旦那でして……」

宇兵衛は、老いた顔を苦しそうに歪め、言葉を濁した。

「酒と女に博奕好き、絵に描いたような放蕩《ほうとう》息子の若旦那か……」

久蔵は苦笑した。

「は、はい……」

宇兵衛は、汗を滲ませて苦しそうに頷いた。

「宇兵衛、番頭も大変だな……」

久蔵は、奉公先の若旦那に気を遣う宇兵衛に同情した。

「お、畏《おそ》れ入ります」

「して、文七の父親、角菱屋の旦那……」

「角菱屋徳右衛門《とくえもん》にございます」

「徳右衛門は何て云っているんだ。文七の命代の百両を……」

「はい。脅し文が悪戯ではなく本当なら、用意するしかないだろうと……」

「馬鹿な倅でも、殺されるかもしれないとなると、用意をするか……」

久蔵は苦笑した。

「は、はい。それで、南の御番所の秋山久蔵さまにと……」

宇兵衛は、久蔵に縋る眼を向けた。

「うむ。して宇兵衛、若旦那の文七の周囲にこのような真似をする奴は……」

「正直に申しまして、いるのかもしれませんが、手前には分りません」

宇兵衛は、首を横に振った。

「そうか。で、宇兵衛、若旦那の文七は、家で大人しくしているのか……」

「それが……」

宇兵衛は、困ったように俯《うつむ》いた。

「脅しに構わず、遊んでいるか……」

「はい。百両を手に入れる迄は、殺しはしないだろうと、取り巻きの浪人や遊び人と……」

「成る程、若旦那の文七、良い度胸だ……」

久蔵は笑った。

「秋山さま……」

宇兵衛は、哀し気に項垂《うなだ》れた。

「よし。分った。宇兵衛……」

久蔵は、老番頭の宇兵衛を帰し、定町廻り同心の神崎和馬と岡っ引の柳橋の幸吉を呼んだ。


京橋は多くの人が行き交っていた。

呉服屋『角菱屋』は、京橋の北詰に店を構えており、客で賑わっていた。

和馬は、幸吉や勇次と呉服屋『角菱屋』を眺めた。

「繁盛していますね」

勇次は感心した。

「若旦那の文七の命代百両、払うのは容易《たやす》い事か……」

幸吉は苦笑した。

「それにしても、殺されたくなければ百両出せとは、悪戯じゃあないんですかね」

勇次は眉をひそめた。

「勇次、たとえ無駄骨になっても、悔やむよりはいいさ」

幸吉は告げた。

「柳橋の……」

和馬は、呉服屋『角菱屋』の店内を窺っている若い浪人と遊び人を示した。

「脅しを掛けて来た奴らですかね……」

幸吉は眉をひそめた。

「いや。若旦那の文七の取り巻きじゃあないかな……」

和馬は読んだ。

「取り巻きですか……」

幸吉は、呉服屋『角菱屋』の横手に廻って行く若い浪人と遊び人を眺めた。

横手の板塀の板戸が開き、羽織を着た若い男が出て来た。

「和馬の旦那、羽織を着た若いの、きっと若旦那の文七ですよ」

幸吉は読んだ。

「ああ……」

和馬は眉をひそめた。

若旦那の文七は、若い浪人や遊び人と言葉を交わした。

「若旦那の文七、遊びに行くんですかね」

勇次は、苛立ちを滲ませた。

「和馬の旦那、勇次……」

幸吉は、呉服屋『角菱屋』の横手の板塀の傍から楓川に向かう文七、若い浪人、遊び人を示した。

「よし、追うよ……」

和馬は頷いた。

「じゃあ、あっしが先に……」

勇次は、若旦那の文七、若い浪人、遊び人を追い掛けようとした。

「勇次、もし、文七の命を狙う者が現れたら直ぐに呼子笛を吹け……」

幸吉は命じた。

「合点です。じゃあ……」

勇次は、若旦那の文七たちを小走りに追った。

「じゃあ、和馬の旦那……」

「うん……」

幸吉と和馬は、文七たちを追う勇次に続いた。

　日本橋は賑わっていた。

　呉服屋『角菱屋』の若旦那の文七は、取り巻きの若い浪人や遊び人と日本橋を北に渡り、通りを神田八つ小路に向かった。

　勇次が追い、幸吉と和馬が続いた。

「それにしても、殺されたくなければ百両寄越せとは、脅すだけで大儲けだな」

　和馬は、腹立たし気に告げた。

「ええ。和馬の旦那。脅しを掛けて来た奴ら、今も何処かから若旦那の文七を見張っているんですかね……」

　幸吉は、先を行く文七たちの周囲を窺った。

「ああ、きっとな。何処にいるやら……」

　和馬は頷いた。

「ひょっとしたら、取り巻きの若い浪人と遊び人も拘わっていたりして……」

　幸吉は、勇次の先を行く若い浪人と遊び人を窺った。

「柳橋の……」

　和馬は、不意に立ち止まった。

「は、はい……」

幸吉は戸惑った。

「ひょっとしたら、ひょっとするぞ……」

和馬は眉をひそめた。

「何がですか……」

「取り巻きの若い浪人と遊び人。柳橋の睨み通り、脅しを掛けて来た奴らの一味かもな」

和馬は睨んだ。

勇次は、若旦那の文七たちを追って神田八つ小路に入り、昌平橋に向かった。

和馬と幸吉は追った。

神田川の流れは煌めき、架かっている昌平橋には様々な者が行き交っていた。

若旦那の文七、若い浪人、遊び人は、昌平橋を渡って明神下の通りに向かった。

深編笠を被った大柄な侍が現れ、文七を擦《す》れ違い様に神田川に放り込んだ。

文七は悲鳴を上げ、神田川の流れに落ちた。

若い浪人と遊び人は驚き、激しく狼狽えた。

勇次は、呼子笛を吹き鳴らした。

和馬と幸吉は走った。

「助けて、助けてくれ……」

文七は、泳げないのか溺《おぼ》れ、神田川の流れの中で手足を闇雲に動かした。

水飛沫が飛び散り、煌めいた。

勇次が、船着場に駆け下りて神田川に飛び込んだ。

「助ける。じたばたするな……」

勇次は怒鳴り、文七の着物の襟首を鷲摑みにし、近寄って来た猪牙舟《ちょきぶね》の船縁《ふなべり》に摑まった。

「何処だ。文七を神田川に放り込んだ奴は何処だ……」

和馬は、若い浪人と遊び人に問い質した。

「に、逃げました……」

若い浪人は声を震わせた。

「どっちに……」

「分からない……」

「分からない。じゃあ、どんな奴だ……」

和馬は苛立ち、怒鳴った。

「深編笠を被った侍です」

若い浪人は、悲鳴のように叫んだ。

京橋の呉服屋『角菱屋』の若旦那文七は、深編笠を被った侍に神田川に放り込まれた。

「ほう。それはそれは……」

久蔵は、和馬の報告を受けて苦笑した。

泳げない文七は、殺されそうになった……。

「どうやら、念押しのようだな……」

久蔵は読んだ。

「念押しですか……」

「うむ。遊びや悪戯の脅しではない、本気だとな。して、文七を神田川に放り込んだ深編笠の侍は……」

「騒ぎに紛れて逃げられました」

和馬は、悔し気に告げた。

「そうか。して、文七は角菱屋に帰ったのか……」

「はい。送り届け、柳橋が見張りに就いていますが、文七、懲りずに又、抜け出すでしょうね」

和馬は睨み、苦笑した。

「脅しを掛けている奴は、その辺りを見越しているか……」

「おそらく……」

和馬は頷いた。

「秋山さま……」

庭先に小者がやって来た。

「何だ……」

「呉服屋角菱屋番頭の宇兵衛が参っております」

「おう。通しな……」

「はい……」

小者が出て行き、老番頭の宇兵衛が緊張した面持ちで庭先にやって来た。

「おう。宇兵衛、文七、又抜け出したか……」

久蔵は、濡《ぬ》れ縁《えん》に出て笑い掛けた。

「いえ。若旦那さまは今の処、大人しくしておりますが、新たな脅し文が……」

宇兵衛は、庭先から久蔵に手紙を差し出した。

久蔵は、手紙を受け取って読み始めた。

「神崎さま、先程はありがとうございました」

宇兵衛は、和馬に挨拶をした。

「文七、少しは大人しくなると良いのだがな」

「はい。畏れ入ります」

久蔵は、手紙を読み終えた。

「秋山さま、脅し文には何と……」

和馬は尋ねた。

「明日暮六つ、日本橋の高札場に喜多八《きたはち》と云う者に百両を持参させろと云って来た……」

久蔵は、手紙を和馬に渡した。

和馬は、手紙を読んだ。

「宇兵衛、喜多八とは誰だ……」

久蔵は尋ねた。

「は、はい。文七さまの取り巻きの遊び人にございます」

宇兵衛は、緊張に声を掠《かす》れさせた。

「ならば、今日一緒にいた遊び人か……」

久蔵は訊いた。

「はい。左様にございます」

「若い浪人は内藤《ないとう》弥一郎《やいちろう》です……」

和馬は報せた。

「そうか。取り巻きの喜多八に百両を持参させろと云って来たか……」

久蔵は苦笑した。

「はい。どうしたら良いか、旦那さまが秋山さまにお尋ねして来いと……」

「うむ。勿論、明日暮六つ、喜多八に百両を持参させるのだな」

久蔵は命じた。

「畏《かしこ》まりました。では、此れにて御免下さい」

宇兵衛は、久蔵と和馬に深々と頭を下げて庭先から出て行った。

「番頭もいろいろ大変ですね」

和馬は、宇兵衛に同情した。

「うむ……」

「それにしても、暮六つとは……」

「夕闇に紛れようって魂胆だ……」

久蔵は睨んだ。

「おのれ……」

和馬は苛立った。

「それより和馬。柳橋に報せ、遊び人の喜多八と浪人の内藤弥一郎、ちょいと調べて貰いな……」

久蔵は命じた。

京橋川に夕陽が映えた。

呉服屋『角菱屋』は客足も途絶え、奉公人たちが店仕舞いの仕度を始めた。

柳橋の幸吉は、呉服屋『角菱屋』の斜向《はすむ》かいの蕎麦屋の座敷を借りて勇次に見張らせた。そして、板塀で囲まれた裏手には、新八と清吉を見張りに付けた。

見張りには、不審な者が現れるのに対処する事と、若旦那文七が抜け出すのを防ぐ役目もあった

日は暮れ始めた。

京橋の通りの左右に連なる店は大戸を閉め、行き交う人々は家路を急いだ。

呉服屋『角菱屋』も大戸を閉め、何事もなく夜の闇に覆われていった。

遊び人の喜多八と浪人の内藤弥一郎……。

幸吉は、久蔵の命を受け、雲海坊と由松にその人柄と素姓を調べさせた。

百両の運び役に指名された遊び人の喜多八は、日本橋小網町《こあみちょう》の古長屋に一人で暮らしていた。

由松は、遊び人の喜多八を洗った。

雲海坊は、神田三河町の裏長屋で暮らしている浪人の内藤弥一郎を調べた。

遊び人の喜多八は、百両の運び役として呉服屋『角菱屋』に雇われた。そして、明日の大役を控え、酒を程々にして日本橋川沿いにある古長屋に戻り、早々に明かりを消した。評判通り気の小さな野郎だ……。

由松は苦笑した。

「で、どんな素姓の奴なんだ」

幸吉は尋ねた。

「喜多八、元々は左官職の見習いだったそうですが、生来のだらしのない野郎でして、仕事を何度もしくじって親方に暇を出されましてね。賭場や岡場所に通うお店の旦那や旗本の倅の使い走りなんかを始め、一端《いっぱし》の遊び人を気取っている半端な野郎ですよ」

由松は笑った。

「で、連《つる》んでいる親しい仲間はいるのか……」

幸吉は訊いた。

「一緒に若旦那の文七の取り巻きをしている浪人の内藤弥一郎とは、それなりに連んでいるようですが、何処まで腹を割っての仲間かは分りませんね……」

由松は、冷ややかに読んだ。

「じゃあ、此れと云った遊び人仲間はいないんだな」

幸吉は読んだ。

「ええ。ま、遊び人なんて所詮は真っ当な生業を持たない好い加減な奴らですからね……」

「うむ……」

幸吉は頷いた。

内藤弥一郎は、父親も生まれながらの浪人だった。

そして、両親が病で相次いで死んでからは、仕官の運動も一切止めた。だが、傘張りや剣術の師範代をする程の腕もなく、かと云って口入屋に通って働く意欲もない。

所詮は金持ちの尻に付いて歩き、お零《こぼ》れを貰って暮らす食詰《くいづめ》なのだ。

雲海坊は、場末の飲み屋で浪人仲間と安酒を飲む内藤弥一郎を窺いながら酒を飲んだ。

二

夜が明けた。

遊び人の喜多八は、早々に長屋を出て呉服屋『角菱屋』に向かった。

由松は尾行《つけ》た。

前夜、喜多八は厠《かわや》に行く以外には、長屋の家から出る事はなかった。そして、訪れる者もいなく、喜多八が誰かと繋ぎを取った様子は窺えなかった。

由松は睨み、喜多八を尾行た。

日本橋小網町の古長屋を出た喜多八は、東堀留川の袂の一膳飯屋で朝飯を食べた。

由松は、一膳飯屋で腹拵《はらごしら》えをしながら喜多八を見張った。

喜多八は、飯を食べるだけで、誰かと繋ぎを取る事はなかった。

由松は見守った。

朝飯を食べ終えた喜多八は、日本橋川に架かっている江戸橋を渡り、楓川沿いを京橋に向かった。

喜多八に不審な処はない……。

由松は、喜多八が不審な処を見せずに呉服屋『角菱屋』に行くと睨んだ。

呉服屋『角菱屋』は既に開店し、客が訪れ始めていた。

「若旦那の文七さんは、大人しくしていますか……」

幸吉は、老番頭の宇兵衛に尋ねた。

「はい。旦那さまが女中たちに見張らせておりますので……」

宇兵衛は、安堵を滲ませた小さな笑みを浮かべた。

「そいつは良かった。ま、脅している奴らをお縄にする迄は、大人しくしていて欲しいもんですよ」

幸吉は苦笑した。

「ええ。親分さんの仰る通りです」

宇兵衛は、吐息を洩《も》らした。

幸吉は、老番頭の宇兵衛のいる帳場の隣の小部屋に詰め、店内に不審な者が紛れ込まないかを見張った。

勇次、新八、清吉たちは、呉服屋『角菱屋』を窺う不審な者が現れるのを見張った。だが、不審な者が現れはしなかった。

勇次は、日本橋の通りを来る遊び人の喜多八に気が付いた。

喜多八は、擦れ違う者に落ち着かない視線を向けながら足早にやって来た。

由松の姿が背後に見えた。

喜多八は、呉服屋『角菱屋』の店先を眺め、横手に廻って行った。

「喜多八の野郎だ……」

清吉は、横手の板塀沿いを来る喜多八を示した。

「ああ。金の運び役、上手くやりゃあ良いが……」

新八は苦笑した。

喜多八は、板塀の板戸を叩いた。

板戸が開き、喜多八は呉服屋『角菱屋』に入って行った。

新八と清吉は見守った。

「おう……」

由松がやって来た。

「由松さん……」

新八と清吉は迎えた。

「喜多八、角菱屋に入ったか……」

「はい……」

「どうやら、誰とも繋ぎは取らなかったな」

由松は、呉服屋『角菱屋』の板塀の板戸を見詰めた。

和馬、幸吉、由松は、勇次の詰めている蕎麦屋の二階の座敷に集まった。

「そうか。遊び人の喜多八、親しく連んでいる仲間はいないか……」

和馬は、由松の報告を聞いて眉をひそめた。

「はい。半端な遊び人ですからね……」

由松は頷いた。

「で、喜多八、昨夜から今迄、誰とも繋ぎは取っていないんだな」

幸吉は、念を押した。

「ええ。そいつは間違いありません」

由松は頷いた
「そうか……」

和馬は、微かな戸惑いを過ぎらせた。

「和馬の旦那、何か……」

幸吉は、和馬に怪訝な眼を向けた。

「うむ。何故に喜多八が金の運び役に名指しされたのか、気になってな……」

「何か理由がありますか……」

「そう思えてな……」

和馬は、勇次のいる窓辺から呉服屋『角菱屋』を眺めた。

神田三河町の裏長屋は、おかみさんたちの洗濯とお喋りの刻も過ぎ、静けさが訪れた。

浪人の内藤弥一郎は、井戸端で顔を洗って残り飯を食べて出掛けた。

さあて、何処に行くのか……。

雲海坊は、薄汚れた古い饅頭笠《まんじゅうがさ》を被って内藤弥一郎を追った。

内藤弥一郎は、擦れ違う若い女を振り返りながら神田八つ小路に向かった。

雲海坊は尾行た。

呉服屋『角菱屋』に変わった事はなく、刻は過ぎた。

暮六つが近付いた。

「どうだ……」

久蔵は、着流し姿で蕎麦屋の二階の座敷に現れた。

「これは秋山さま……」

勇次は迎えた。

「おう、御苦労だな」

「いえ。和馬の旦那と親分は角菱屋です」

「そうか……」

久蔵は、窓辺の勇次の傍に座り、斜向かいの呉服屋『角菱屋』を眺めた。

「暮六つ。遊び人の喜多八に日本橋の高札場に百両を持参させろ、か……」

「はい。日暮れの薄暗さと忙しさに紛れて百両を奪うつもりかも……」

勇次は読んだ。

「うむ。勇次、猪牙《ちょき》を日本橋の船着場に舫って置きな……」

久蔵は命じた。

「秋山さま、猪牙ならもう親分が……」

「流石は柳橋の幸吉だな」

久蔵は笑った。

「秋山さま、じゃあ、脅しを掛けている奴は猪牙で来るんですか……」

「さあ、そいつは分らないが、舟を使って俺たちの追跡を振り切る魂胆の筈だ」

久蔵は読んだ。

「舟を使って……」

勇次は戸惑った。

「おそらくな……」

久蔵は、不敵に笑った。


両国広小路の南にある薬研堀《やげんぼり》は大川と繋がっており、船が通る度に小さな波が押し寄せて堀端を叩いた。

浪人の内藤弥一郎は、薬研堀沿いの米沢町三丁目にある古い一膳飯屋の暖簾を潜った。

雲海坊は、薬研堀の物陰から古い一膳飯屋を眺めた。

内藤弥一郎は飯を食いに来たのか……。

雲海坊は見守った。

深編笠を被った大柄な侍が、両国広小路から来て古い一膳飯屋に入って行った。

浪人の溜り場なのかな……。

雲海坊は眉をひそめた。

四半刻が過ぎても、内藤弥一郎は一膳飯屋から出て来なかった。

飯を食べるだけにしては、刻が掛かっている。

酒を飲んでいるのか……。

雲海坊は読み、辺りを見廻した。

薬研堀の奥に小さな煙草屋があり、老婆が店番をしていた。

よし……。

雲海坊は、小さな煙草屋に駆け寄った。

雲海坊は、小さな煙草屋の店先の縁台に腰掛け、買ったばかりの国分の袋を開けて刻み煙草を煙管《キセル》の雁首《がんくび》に詰め、煙草盆の火で煙草を吸った。

「出涸《でが》らしですけど、どうぞ……」

店番の老婆は、雲海坊に茶を差し出した。

「此れは此れは忝い。南無阿弥陀仏……」

雲海坊は、手を合わせて経を呟いた。

老婆は、慌てて手を合わせた。

雲海坊は、煙草を燻らしながら茶を啜った。

「ああ、美味《うま》い……」

雲海坊は、茶を啜りながら薬研堀越しに古い一膳飯屋を眺めた。

二人の浪人が一膳飯屋に入って行った。

「婆さん、あの一膳飯屋、馴染は浪人ばかりのようだね」

雲海坊は、それとなく餌《えさ》を投げた。

「ああ。それも食詰のね……」

老婆は、餌に食い付いた。

「食詰……」

「ええ。食詰浪人の溜り場、集まってどんな悪さを企んでいるのか……」

老婆は、嘲りを浮かべた。

「ほう。そんな浪人共なんですか……」

「ええ。此の前も一人、町奉行所の同心の旦那に捕まったそうだよ」

婆さんは吐き棄てた。

「へえ。そうなんだ……」

雲海坊は眉をひそめた。

風が吹き抜け、薬研堀に繋がれた小舟は揺れた。

陽は西に大きく傾いた。

遊び人の喜多八は緊張し、落ち着かない風情《ふぜい》で何度も厠に通った。

和馬と幸吉は苦笑した。

呉服屋『角菱屋』の旦那の徳右衛門と老番頭の宇兵衛は、和馬、幸吉、喜多八の前で切り餅四個百両を小箱に入れて風呂敷に包んだ。

喜多八は、百両の金に喉を鳴らした。

「百両です……」

徳右衛門は、和馬に百両の風呂敷包みを差し出した。

「うむ。確かに……」

和馬は、風呂敷包みを受け取った。

「さあて、喜多八。此の百両を日本橋の高札場に持って行き、現れた奴に渡すのだ」

和馬は、喜多八に指示した。

「は、はい……」

喜多八は、百両の風呂敷包みを見詰めて喉を鳴らして頷いた。

「その時、下手な手出しは一切無用だ」

和馬は、厳しく告げた。

「わ、分かりました」

喜多八は、嗄れ声を引き攣らせた。

「よし。じゃあ、そろそろ行きな……」

和馬は命じた。


暮六つが近付き、京橋から日本橋への通りには、仕事仕舞いをした人たちが足早に行き交っていた。

喜多八は、百両の風呂敷包みを懐に入れて手で押さえ、落ち着かない様子で日本橋に向かった。

和馬は浪人姿となり、幸吉、新八、清吉と喜多八を周囲を取り囲むように進んだ。

日本橋に行く前に喜多八と接触し、金を受け取る者が現れるかもしれない……。

和馬、幸吉、新八、清吉は、喜多八を見据えて油断なく進んだ。

日本橋の高札場は、高札を読む者や待ち合わせをする者で未だ賑わっていた。

由松と勇次は先着し、高札場にいる人たちに不審な者を捜した。だが、それらしい者を見付ける事は出来なかった。

「由松の兄貴、らしい奴はいませんね」

勇次は苛立った。

「ああ。喜多八の顔を知っている野郎で、喜多八が現れてから出て来るつもりなんだろう」

由松は読んだ。

高札場の賑わいは、暮六つが近付いても続いていた。

由松と勇次は、高札場の賑わいを見張った。

喜多八が、日本橋の通りから現れた。

由松と勇次は気が付き、緊張を漲《みなぎ》らせて喜多八を見守った。

喜多八は、百両を入れた懐を押さえ、辺りを窺いながら高札場に入って来た。

新八、清吉、幸吉、和馬が追って現れ、高札場に散った。

喜多八は、高札場の脇に佇み、緊張した面持ちで辺りを窺った。

由松、勇次、和馬、幸吉、新八、清吉は、喜多八を取り囲むように張り付いた。

喜多八は、不安気な面持ちで佇んでいた。

刻が過ぎた。

様々な者が、喜多八の傍を行き交った。

暮六つの鐘が鳴り響いた。

喜多八は、思わず懐の百両を握り締めた。

和馬、幸吉、由松、勇次、新八、清吉は、緊張した面持ちで喜多八に近付く者を見張った。

日本橋の下の船着場に続く石段から中年の船頭が現れ、高札場の傍に佇んでいる喜多八に近付いた。

現れた……。

和馬、幸吉、由松、勇次、新八、清吉は身構えた。

中年の船頭は喜多八に近付き、何事かを囁《ささや》いた。

喜多八は、驚いたように中年の船頭を見返した。

中年の船頭は促し、船着場に向かった。

喜多八は頷き、周囲を見廻しながら中年の船頭に続いた。

「船か……」

和馬は睨んだ。

「ええ。勇次と由松に追わせます」

幸吉は、勇次と由松に合図をした。

勇次と由松は頷き、船着場に下りて行った。

和馬と幸吉は、日本橋に走った。

新八と清吉が続いた。


船着場に下りた船頭は、舫《もや》っておいた猪牙舟に喜多八を乗せて舫い綱を解き、桟橋から離れた。

勇次と由松は、桟橋の端に繋いでおいた猪牙舟に乗った。

由松は舳先《へさき》に座り、喜多八を乗せて行く猪牙舟を見据えた。

勇次は、猪牙舟の舫い綱を解いて船着場から離れようとした。

「俺も行くよ……」

塗笠を被った久蔵が現れ、勇次の操る猪牙舟に乗った。

「急げ、勇次……」

由松は急かした。

「はい。じゃあ、追います」

勇次は、久蔵と由松を乗せて喜多八の乗った猪牙舟を追った。

喜多八を乗せた猪牙舟は、日本橋の下の日本橋川を江戸橋に向かって進み、久蔵と由松を乗せた勇次の操る猪牙舟が続いた。

久蔵は、日本橋の上にいる和馬と幸吉たちに塗笠を上げて顔を見せた。

「秋山さま……」

和馬は驚いた。

「それにしても和馬の旦那。あの船頭、金だけ持って行けばいいのに、どうして喜多八を連れて行ったんですかね」

幸吉は首を捻った。

「うむ。喜多八、とても脅しの一味とは思えないが……」

和馬は眉をひそめた。

「よし。新八、清吉、小網町の喜多八の長屋に走り、秘かに家探しをして戻って来るのを待ってみな」

幸吉は命じた。

「承知しました」

新八と清吉は、日本橋から日本橋川沿いの道を江戸橋に向かって走った。

小網町は、江戸橋の先の日本橋川沿いにある町であり、日本橋から遠くはない。

「じゃあ和馬の旦那、角菱屋に戻りますか……」

「ああ……」

和馬と幸吉は、京橋の呉服屋『角菱屋』に戻る事にした。


薬研堀沿いの古い一膳飯屋は、軒下の提灯に明かりを灯した。

雲海坊は、煙草屋の店先から古い一膳飯屋を見張り続けていた。

浪人の内藤弥一郎は、一膳飯屋に入ったまま出て来る事はなかった。

既に暮六つは過ぎた。

日本橋の高札場では、百両の受け渡しがあった筈だ。

だが、内藤弥一郎は動かなかった。

脅しに拘りはないのか……。

雲海坊は、古い一膳飯屋を見張った。

大柄な侍が古い一膳飯屋から現れ、深編笠を被りながら大川に進んだ。

雲海坊は見送り、浪人の内藤弥一郎のいる古い一膳飯屋を見張り続けた。

三

日本橋川の流れは大川に続いている。

喜多八を乗せた猪牙舟は、日本橋川を大川に進んでいた。

久蔵と由松を乗せた勇次の猪牙舟は、行き交う船の間を巧みに進み、追った。

「喜多八を乗せた猪牙、船頭の他に誰もいませんね」

由松は、喜多八の乗った猪牙舟を見詰めながら告げた。

「うむ。船頭が脅しの一味の者なのか、それとも只の雇われ船頭か。只の雇われ船頭なら喜多八が脅しの一味の者なのかな……」

久蔵は読んだ。

大川は夕暮れに覆われて行く。

日は暮れた。

大川を行く船は、船行燈を灯し始めた。

喜多八を乗せた猪牙舟は、夜の闇に紛れながら日本橋川から大川の三つ又に出た。

三つ又を抜けて大川を東に横切れば、対岸の深川小名木川に入る。

大川の流れを北に遡れば新大橋であり、南に下れば永代橋に江戸湊だ。

喜多八を乗せた猪牙舟は、どちらに行くのだ……。

久蔵、由松、勇次は見守った。

喜多八を乗せた猪牙舟は、大川の流れを北に遡って新大橋に向かった。

「勇次、新大橋だ……」

由松は、舳先から告げた。

「承知……」

勇次は猪牙舟を巧みに操り、舳先を上流の新大橋に向けた。

「流石は柳橋は船宿笹舟の船頭の勇次だ。鮮やかなものだな」

久蔵は笑った。

大川には様々な船の灯りが映えていた。

「由松の兄い。喜多八の乗った猪牙。船行燈を灯しましたか……」

勇次は、舳先にいる由松に訊いた。

「いや。灯しちゃあいねえ」

由松は、腹立たし気に告げた。

喜多八を乗せた猪牙舟は、明かりを灯した船の脇を巧みに進んだ。

下手をしたら見失う……。

「野郎……」

勇次は、微かに苛立った。

喜多八を乗せた猪牙舟は、夜の闇と船行燈の明かりに紛れ始めた。

「脅しの一味が取引きの刻を暮六つにした効き目が出始めたか……」

久蔵は苦笑した。

「秋山さま、由松の兄い。猪牙を近付けます」

勇次は、猪牙舟の船足を上げた。

「よし。由松、船行燈を灯しな」

久蔵は命じた。

「はい……」

由松は、手早く船行燈に火を灯した。

「勇次、喜多八と船頭の面の見える処迄に近付け、のんびりと行くんだな」

「はい……」

勇次は頷き、喜多八の乗った猪牙舟に近付けた。

喜多八の緊張した顔が見えた。

「喜多八、只の使い走りじゃあないのかも……」

由松は、喜多八の緊張した顔を読んだ。

「ああ……」

久蔵は頷いた。

喜多八を乗せた猪牙舟は、船行燈を灯さず両国橋に進んだ。

「さあて、行き先は神田川か本所竪川。それとも浅草、向島《むこうじま》か……」

久蔵は読んだ。

喜多八を乗せた猪牙舟は、両国橋に差し掛かって船足を落とした。

「野郎、船足を落とした……」

由松は告げた。

「追手を警戒しているか……」

久蔵は読んだ。

「どうしますか……」

「船足を落とさずに追い抜き、神田川に入って停まれ」

久蔵は命じた。

「承知……」

勇次は、船足を落とさず喜多八の乗る猪牙舟を追い抜き、神田川に入った。

喜多八の乗った猪牙舟は、神田川の前を通り過ぎて行った。

「よし。由松、船行燈の火を消せ。勇次、喜多八の乗った猪牙を追え……」

「承知……」

由松は素早く船行燈を消し、勇次が猪牙舟を大川に戻した。

喜多八を乗せた猪牙舟は、船足を元に戻して公儀米蔵の浅草御蔵の前に進んだ。

勇次は、船行燈を消した猪牙舟で追った。


喜多八を乗せた猪牙舟は、浅草御蔵を過ぎてから船足を落とし、御厩河岸の船着場に向かった。

「御厩河岸です……」

由松は告げた。

「うむ……」

久蔵は頷いた。

喜多八を乗せた猪牙舟は、御厩河岸の船着場に船縁を寄せた。

喜多八が下りるのか……。

久蔵、由松、勇次は見守った。

猪牙舟は御厩河岸の船着場に喜多八を下ろし、舳先を両国橋に廻した。

「秋山さま、喜多八が下りました……」

「よし。俺と由松が追う。勇次は猪牙の行く先を突き止めろ」

久蔵は命じた。

「承知……」

勇次は、猪牙舟を御厩河岸の船着場に寄せた。

由松が跳び下り、喜多八を追った。

久蔵は続いた。

勇次は、両国橋に向かう猪牙舟を追った。

喜多八は、御厩河岸の船着場から渡し場に向かった。

「遅かったな……」

深編笠を被った大柄な侍が、渡し場の暗がりから出て来た。

「こりゃあ、島村《しまむら》の旦那……」

喜多八は、薄笑いを浮かべた。

「付き馬の気配がしましてね」

「そいつは拙《まず》いな。で、金はどうした……」

島村と呼ばれた深編笠を被った大柄の侍は、喜多八に問い質した。

「手筈通り、船頭に……」

「ならば、金を運ぶ役目、無事に終わった訳だな」

「ああ。猿芝居の使い走りは此れ迄。あっしは小網町の家に帰りますよ」

喜多八は、狡猾《こうかつ》な笑みを浮かべた。

「そうか、役目は終わったか……」

「ええ。じゃあ、御免なすって……」

喜多八は、蔵前の通りに続く浅草御蔵傍の道に向かった。

刹那、島村は喜多八に背後から襲い掛かった。

「な、何をしやがる……」

喜多八は驚いた。

島村は、喜多八の首に背後から腕を廻して絞め上げた。

喜多八は、苦しく呻《うめ》いて踠き抗った。

「喜多八、金運びの役目が終わった。次は死ぬのが役目だ……」

島村は、喜多八の首を絞めた。

喜多八は気を失った。

次の瞬間、白扇が島村に飛来した。

島村は、咄嗟に躱《かわ》し、気を失った喜多八を突き飛ばして身構えた。

久蔵が現れ、由松が気を失って倒れている喜多八を素早く庇《かば》った。

「島村と申すか……」

久蔵は、島村を鋭く見据えた。

島村は後退りし、身を翻して逃げた。

「野郎……」

由松は、追い掛けようとした。

「由松、奴より喜多八だ……」

久蔵は、倒れている喜多八の様子を窺った。

喜多八は、微かな息をしていた。

「微かに息がある。医者だ……」

久蔵は告げた。

「承知……」

由松は、医者の許に走った。

久蔵は、渡し場の提灯に火を灯し、縁台に喜多八を寝かせた。

喜多八は、微かに息をしていた。

「猿芝居か……」

久蔵は眉をひそめた。


喜多八を下ろした猪牙舟は大川を下り、浅草御蔵から両国橋に進んだ。

勇次は、猪牙舟を操って巧みに追った。


薬研堀に映える月影は揺れた。

雲海坊は、古い一膳飯屋を見張り続けていた。

浪人の内藤弥一郎は、古い一膳飯屋から出て来る事はなかった。
古い一膳飯屋の裏口は路地で表に繋がっており、籠脱《かごぬ》けは出来ない。
内藤弥一郎は、古い一膳飯屋に居続けている筈なのだ。
雲海坊は見張り続けた。
猪牙舟が、大川から元柳橋を潜って薬研堀に入って来た。
雲海坊は、物陰から見守った。
猪牙舟は薬研堀に繋がれ、船頭は古い一膳飯屋に入って行った。
別の猪牙舟が、追って薬研堀に入って来た。
勇次だ……。
雲海坊は、追って現れた猪牙舟の船頭が勇次だと気が付いた。
勇次は、誰かを捜すように薬研堀を見廻した。
「勇次……」
雲海坊が物陰から出て来た。
「雲海坊さん……」
「猪牙舟の船頭ならそこの一膳飯屋だ」
雲海坊は、古い一膳飯屋を示した。

「そうですか……」

勇次は、古い一膳飯屋を眺めた。

「で、金の受け渡しはどうなった……」

雲海坊は訊いた。

「そいつなんですけどね……」

勇次は、金の受け渡しの顚末《てんまつ》を雲海坊に教えた。

「で、秋山さまと由松が喜多八を追い、勇次が猪牙の船頭を追って来たのか……」

雲海坊は眉をひそめた。

「ええ。雲海坊さんは……」

勇次は、怪訝な面持ちで薬研堀を見廻した。

「浪人の内藤弥一郎がその一膳飯屋に蜷局《とぐろ》を巻いていてな」

雲海坊は告げた。

「じゃあ、猪牙の船頭、浪人の内藤弥一郎の指図で動いているんですかい……」

勇次は眉をひそめた。

「そうなるな……」

「って事は、角菱屋の若旦那文七への脅しは、浪人の内藤弥一郎の企みですか……」

勇次は、提灯を揺らす古い一膳飯屋を見詰めた。

「かもしれないな……」

雲海坊は頷いた。

古い一膳飯屋の腰高障子が開き、船頭が出て来た。

「勇次……」

「ええ……」

勇次は、喉を鳴らして頷き、出て来た船頭を見守った。

船頭が脅しの一味の者か、只の雇われた船頭なのかは分からない。だが、名前と塒《ねぐら》は突き止めて置かなければならない。

船頭は、古い一膳飯屋の横に続く裏通りに入って行った。

「勇次……」

雲海坊は促した。

「はい……」

勇次は、船頭を追った。

雲海坊は、古い一膳飯屋を見詰めた。

船頭は、裏通りを進んで路地に入った。

追って来た勇次は、路地の入口に張り付いて奥を覗いた。

船頭は、路地奥の家に入った。

勇次は見届けた。


風が吹き抜け、薬研堀の縁に小波《さざなみ》がひたひたと打ち付ける音がした。

雲海坊は、提灯を揺らしている古い一膳飯屋を見張り続けた。

「雲海坊さん……」

勇次が戻って来た。

「船頭の塒、見届けて来たか……」

「はい」

「よし……」

「雲海坊さん……」

勇次は、薬研堀沿いの道を示した。

深編笠を被った大柄な侍がやって来た。

雲海坊は見守った。

「野郎……」

勇次は、深編笠を被った大柄な侍を厳しく見据えた。

深編笠を被った大柄な侍は、古い一膳飯屋に入って行った。

「知っている奴か……」

雲海坊は訊いた。

「ええ。角菱屋の若旦那の文七を昌平橋から神田川に投げ込んだ野郎です」

勇次は告げた。

「そうか。深編笠も内藤弥一郎の仲間、脅しの一味か……」

雲海坊は読んだ。

「きっと。どうします」

勇次は、雲海坊に出方を訊いた。

「よし。此処は俺が見張る。勇次は急ぎ此の事を親分と和馬の旦那に報せろ」

雲海坊は命じた。

「はい。じゃあ、猪牙で急いで行って来ます」

勇次は、猪牙舟に乗って呉服屋『角菱屋』のある京橋に向かった。

雲海坊は、内藤弥一郎と深編笠を被った大柄な侍のいる古い一膳飯屋の見張りを続けた。


遊び人の喜多八は、辛うじて命を取り留めたが、意識は混濁したままだった。

久蔵と由松は、喜多八の持ち物を検めた。

僅かな金の入った巾着、手拭い、匕首、煙草入れ……。

「百両の金包みは持っていませんね」

由松は眉をひそめた。

「うむ。おそらく、猪牙の船頭に渡したのだろう」

久蔵は読んだ。

「勇次が行き先を突き止めていれば良いんですがね……」

由松は心配した。

「勇次の事だ、心配はいらないだろう」

「それにしても、深編笠の島村、どうして喜多八を殺そうとしたんですかね」

「口封じか。それとも分け前を巡る仲間割れか……」

「じゃあ、喜多八も脅しの一味ですか……」

「一味かどうかははっきりしないが、金の受け渡しの段取りを知っていたのは間違いないだろうな」

久蔵は睨んだ。

「そうですか。で、どうしますか……」

由松は、久蔵の指図を待った。

「よし。喜多八は暫く此のままだろう。和馬や柳橋の処に行こう」

久蔵は、意識の混濁している喜多八を自身番の者に見張らせ、和馬や幸吉と合流する事にした。

京橋の呉服屋『角菱屋』は、未だ明かりを灯していた。

和馬と幸吉は、斜向かいの蕎麦屋の二階の座敷から『角菱屋』の表を見張り続けた。

裏手には、新八と清吉が張り付いていた。

「由松と勇次、どうしたかな……」

「秋山さまが一緒だ。心配ないさ……」

「ええ……」

幸吉は頷いた。

「親分、和馬の旦那……」

勇次が、階段を駆け上がって来た。

「おお。待ち兼ねた。どうなった……」

和馬と幸吉は、勇次を迎えた。

「はい。喜多八の野郎、御厩河岸で下りましてね。秋山さまと由松の兄いが追い、あっしは猪牙の船頭を追ったのですが、猪牙の船頭は内藤弥一郎の屯《たむろ》している薬研堀の一膳飯屋に行きましてね……」

勇次は、事の次第を報せた。

「で、角菱屋の文七を神田川に放り込んだ侍が来たのか……」

和馬は眉をひそめた。

「はい。で、雲海坊さんが見張っています」

「よし。柳橋の、薬研堀だ……」

和馬は立ち上がった。

「承知……」

和馬と幸吉は、呉服屋『角菱屋』の見張りを新八と清吉に任せ、勇次と共に猪牙舟で薬研堀に急いだ。

四

薬研堀の古い一膳飯屋は、提灯の火を消して暖簾を片付けたが、店の明かりは灯したままだった。

雲海坊は、物陰から見張っていた。

内藤弥一郎と深編笠を被った大柄な侍は、古い一膳飯屋から出て来る事はなかった。

金を払って居続けているのか、それとも古い一膳飯屋の主も脅しの一味なのか……。

雲海坊は想いを巡らせた。

猪牙舟が元柳橋を潜り、大川から薬研堀に入って来た。

雲海坊は見守った。

猪牙舟は、和馬と幸吉を乗せた勇次のものだった。

雲海坊は物陰から出た。

和馬と幸吉は、勇次の猪牙舟から下りた。

「親分、和馬の旦那……」

「おう。御苦労さん。あの一膳飯屋か……」

和馬は、明かりの灯っている古い一膳飯屋を眺めた。

「ええ。内藤弥一郎と深編笠の侍、未だ居続けています」

「そうか……」

和馬は頷いた。

「和馬の旦那、あっしは勇次と船頭を締め上げて来ます」

幸吉は告げた。

「うん。そうしてくれ」

和馬は頷いた。

「じゃあ。勇次、船頭の処に案内しろ」

「合点です」

幸吉と勇次は、猪牙舟の船頭の家に急いだ。

「それにしても、内藤弥一郎、此処で何をしているのかな」

和馬は首を捻った。

「さあて、誰かを待っているのかも……」

雲海坊は読んだ。

「誰か……」

和馬は眉をひそめた。

「ええ……」

「もしそうなら、雲海坊は誰だと思う……」

「今度の騒ぎの黒幕かも……」

「黒幕か……」

和馬と雲海坊は、引き続き古い一膳飯屋を見張った。

路地奥の船頭の家は暗く、寝静まっていた。

「此処です」

勇次は、船頭の家を示した。

「よし。踏み込むぜ」

幸吉と勇次は、船頭の家の腰高障子を外して踏み込んだ。

暗くて狭い家の中は、眠っている船頭の鼾《いびき》が満ちていた。

勇次は、手燭に明かりを灯した。

狭い家の中には煎餅蒲団が敷かれ、船頭が鼾を掻いて眠っていた。

「船頭に間違いないな……」

幸吉は、勇次に念を押した。

勇次は、眠っている船頭の顔に燭台の明かりを照らして頷いた。

「ええ。間違いありません」

勇次は頷いた。

「よし。おい、起きな……」

幸吉は、船頭を揺り動かした。

船頭は呻き、眼を覚ました。

幸吉は、十手を突き付けた。

「な、なんですかい……」

船頭は驚き、声を引き攣らせた。

「俺は柳橋の幸吉だ。お前、名前は……」

幸吉は尋ねた。

「た、為吉《ためきち》です」

　船頭は、声を震わせて名乗った。

「為吉か……」

「はい……」

　為吉は、怯えを滲ませた。

「為吉、お前、今夜、誰に頼まれて猪牙を日本橋に廻し、遊び人の喜多八を御厩河岸迄乗せたんだい……」

　幸吉は訊いた。

「な、内藤の旦那に頼まれて……」

「内藤、内藤ってのは浪人の内藤弥一郎か……」

　幸吉は念を押した。

「は、はい。浪人の内藤弥一郎の旦那に、喜多八さんを日本橋から御厩河岸迄乗せて、風呂敷包みを預かって来てくれと、二分で雇われたんです」

　為吉は、震える声で告げた。

「で、喜多八を御厩河岸で下ろし、薬研堀の一膳飯屋で待っている内藤弥一郎に風呂敷包みを渡したんだな」

幸吉は読んだ。

「はい。親分さんの仰る通りです」

為吉は頷いた。

「為吉、お前、内藤に二分で雇われたのに間違いはないな……」

幸吉は念を押した。

「はい……」

為吉は、幸吉に縋る眼を向けて頷いた。

嘘偽りはない……。

幸吉は、船頭為吉の言葉を信じ、脅しの一味ではないと見定めた。

「そうか、良く分かった……」

「あ、ありがとうございます」

為吉は、安堵を滲ませて頭を下げた。

「処で為吉、内藤弥一郎の仲間に深編笠を被った大柄な侍がいるが、知ってるか……」

勇次は訊いた。

「ああ。あの大柄なお侍は、島村寅之助《とらのすけ》って内藤の旦那の知り合いの浪人さんですよ」

船頭の為吉は知っていた。

「親分……」

「うむ。島村寅之助だな……」

幸吉と勇次は、浪人の内藤弥一郎が船頭の為吉を雇った事と、深編笠の大柄な侍が浪人の島村寅之助だと突き止めた。


呉服屋『角菱屋』の明かりが消えた。

新八と清吉は、暗がりから見張り続けていた。

久蔵は、由松と共に呉服屋『角菱屋』に戻って来た。

「秋山さま、由松さん……」

新八と清吉が暗がりから現れ、久蔵と由松の許に駆け寄って来た。

「おお、新八、清吉。角菱屋に変わった事はないか……」

「はい。ありません」

「新八、清吉、親分は……」

由松は、呉服屋『角菱屋』の斜向かいの蕎麦屋の二階の明かりが消えているのに気が付いた。

「はい。勇次の兄貴が来て、薬研堀の一膳飯屋に行きました」

清吉は報せた。

「薬研堀の一膳飯屋……」

久蔵は眉をひそめた。

「はい。猪牙の船頭がそこで浪人の内藤弥一郎と落ち合ったそうです」

清吉は告げた。

「秋山さま……」

由松は、厳しさを滲ませた。

「うむ。浪人の内藤弥一郎か……」

「秋山さま、由松さん……」

新八が、呉服屋『角菱屋』の横手の板塀の板戸が開いたのを示した。

久蔵、由松、新八、清吉は、横手の板塀の開いた板戸を見詰めた。

羽織を着た男が、開いた板戸から出て来た。

久蔵、由松、新八、清吉は見守った。

羽織を着た男は、楓川に足早に向かった。

「秋山さま……」

由松は、久蔵の指示を仰いだ。

「よし。由松、新八、奴を追うよ。清吉、引き続き角菱屋を見張れ」

「はい……」

清吉は頷いた。

「じゃあ……」

由松と新八は、楓川に向かった羽織を着た男を追った。

久蔵は、由松と新八に続いた。


薬研堀は大川の流れを受け、繫がれた猪牙舟などを揺らしていた。

古い一膳飯屋は明かりを灯し続けていた。

「そうか。脅しを仕掛けたのは、浪人の内藤弥一郎か……」

和馬は、幸吉の報せを受けて古い一膳飯屋を見据えた。

「ええ。企んだのも内藤弥一郎かどうかは分かりませんがね」

幸吉は告げた。

「それから、深編笠の大柄な侍は、島村寅之助って内藤の仲間の浪人でした」

勇次は報せた。

「内藤弥一郎と島村寅之助か……」

和馬は眉をひそめた。

「ええ。それにしても、いつ迄いるのか……」

勇次は焦れた。

「親分、和馬の旦那……」

雲海坊が、薬研堀の西の旗本屋敷街から足早に来る羽織の男を示した。

羽織の男は、呉服屋『角菱屋』の若旦那の文七だった。

「若旦那の文七……」

幸吉は、羽織の男を文七だと見定めた。

「ああ……」

和馬は、驚きながら頷いた。

若旦那の文七は、薬研堀で辺りを警戒して古い一膳飯屋に入った。

「文七の奴……」

和馬は困惑を滲ませた。

「って事は、文七も脅しの一味って事ですか……」

幸吉は眉をひそめた。

「親分……」

由松と新八がやって来た。

「おお。由松、新八、文七を追って来たのか……」

幸吉は迎えた。

「ええ。文七の奴、角菱屋の者が寝静まるのを待って、抜け出して来ましたぜ」

由松は苦笑した。

「由松、秋山さまは……」

和馬は尋ねた。

「間もなく、お見えですぜ」

由松は振り返った。

久蔵が、暗がりから現れた。

「おう。角菱屋の文七、やはり浪人の内藤弥一郎の処に来たようだな……」

久蔵は、和馬や幸吉、雲海坊、勇次を見て読んだ。

「はい……」

和馬は頷いた。

「どうやら、角菱屋の文七と浪人の内藤弥一郎の猿芝居に付き合わせられたようだな」

久蔵は苦笑した。

「猿芝居ですか……」

和馬は眉をひそめた。

「ああ。おそらく文七の野郎が遊ぶ金が欲しさに、内藤弥一郎と脅し騒ぎを企てたって処のようだ……」

久蔵は読んだ。

「遊び人の喜多八は……」

和馬は訊いた。

「喜多八は、御厩河岸で島村って侍に絞め殺されそうになってな……」

「島村に絞め殺されそうになった……」

和馬は驚いた。

「ああ。どうやら、文七と内藤、喜多八を島村に殺させ、百両の脅し金を持ち逃げした犯人に仕立てあげようとしたようだ」

久蔵は睨み、冷ややかに笑った。

「それで、猿芝居ですか……」

「ああ。だが、呉服屋角菱屋を脅し、遊び人の喜多八を殺そうとし、お上を騒がせた罪は重い。此れから一膳飯屋に踏み込んで、文七、内藤弥一郎、そして島村をお縄にしろ」

久蔵は命じた。

「心得ました。ならば、柳橋と由松は俺と表から踏み込む。勇次と新八は裏口から踏み込め。雲海坊は秋山さまと後詰を頼む」

「承知……」

勇次と新八は、裏口の路地に進んだ。

「じゃあ、柳橋の、由松……」

「はい……」

由松は、古い一膳飯屋に駆け寄って腰高障子を蹴倒した。

和馬と幸吉は踏み込んだ。

怒号と悲鳴が上がり、激しい物音が響いた。

久蔵と雲海坊は見守った。

内藤弥一郎と島村寅之助は、怒声を上げて抗った。
飯台がひっくり返り、徳利や小鉢が飛び交い、皿が音を立てて砕け散った。
島村寅之助が刀を抜いた。
和馬が、島村の刀の柄を握る手を十手で鋭く打ち据えた。
島村は刀を落とし、後退した。
由松は飛び掛かり、島村寅之助を殴り蹴り飛ばした。
飛ばされた島村は壁に当たり、古い一膳飯屋は激しく揺れた。
棚に飾られた招き猫や達磨の置物が転げ落ち、争いの中で踏まれ、蹴り飛ばされた。
由松と幸吉は、倒れた島村を押さえ付けて縄を打った。
文七は蹲《うずくま》り、頭を抱えて激しく震えた。
和馬は、内藤弥一郎に襲い掛かった。
内藤は、裏口に逃げた。
裏口から勇次と新八が現れ、内藤の行く手を塞いだ。
内藤は、必死の形相で刀を振り廻した。
和馬は躱し、迫った。

内藤は、刀を振り廻して表に逃げた。
内藤弥一郎は、刀を振り廻しながら古い一膳飯屋から飛び出して来た。
「手間暇取らせやがって……」
雲海坊は、錫杖《しゃくじょう》を唸らせた。
錫杖は、内藤の向う脛《ずね》を打ち払った。
骨の音が鳴った。
内藤は、悲鳴を上げて倒れた。
雲海坊は、倒れた内藤を錫杖で容赦なく滅多打ちにした。
下手な容赦をして、殺されたり大怪我をした者は大勢いる……。
久蔵は、それを最も嫌った。
雲海坊は錫杖を振るった。
内藤は、頭を抱えてのた打ち廻った。
古い一膳飯屋から勇次と新八が現れ、のた打ち廻る内藤に捕り縄を打った。
由松と和馬が、縛り上げた島村を引き立てて古い一膳飯屋から出て来た。
そして、幸吉が泣きじゃくる若旦那の文七を連れ出し、久蔵の前に引き据えた。

「文七、内藤弥一郎、下手な猿芝居は此れ迄だ……」

久蔵は冷笑した。

呉服屋『角菱屋』に対し、若旦那の文七を殺されたくなければ金を出せと云う脅しの一件は、とんだ茶番、猿芝居だった。

久蔵は、呉服屋『角菱屋』文七、浪人の内藤弥一郎と島村寅之助を遠島の刑に処した。そして、呉服屋『角菱屋』主の徳右衛門を倅文七の放蕩と悪事を見逃していた罪で重過料の刑にした。

遊び人の喜多八は、辛うじて命を取り留めた。

久蔵は、脅し金の運び屋にされた挙句、殺されて犯人に仕立てられそうになった喜多八を放免した。

喜多八は、文七と内藤弥一郎を恨んで江戸から姿を消した。

久蔵は、和馬と柳橋の幸吉、雲海坊、由松、勇次、新八、清吉に酒を振舞い、労った。

「それにしても、呆れる程に酷い一件でしたね……」

和馬は、腹立たし気に酒を飲み干した。

「うむ。ま、死人が出なかったのを良しとするさ……」

久蔵は苦笑した。

茶番劇は終わった……。

この作品は「文春文庫」のために書き下ろされたものです。

文春文庫

流《る》人《にん》船《ぶね》

新《しん》・秋山《あきやま》久蔵《きゅうぞう》御《ご》用《よう》控《ひかえ》（十八）

定価はカバーに
表示してあります

2024年1月10日　第1刷

著　者　藤《ふじ》井《い》邦《くに》夫《お》

発行者　大沼貴之
発行所　株式会社　文藝春秋

東京都千代田区紀尾井町 3-23　〒102-8008
ＴＥＬ　03・3265・1211㈹
文藝春秋ホームページ　http://www.bunshun.co.jp
落丁、乱丁本は、お手数ですが小社製作部宛お送り下さい。送料小社負担でお取替致します。

印刷製本・大日本印刷
Printed in Japan
ISBN978-4-16-792154-5

（　）内は解説者。品切の節はご容赦下さい。

藤井邦夫
恋女房
新・秋山久蔵御用控（一）
〝剃刀〟の異名を持つ南町奉行所吟味方与力・秋山久蔵が帰ってきた！　嫡男・大助が成長し、新たな手下も加わってスケールアップした、人気シリーズの第二幕が堂々スタート！
ふ-30-36

藤井邦夫
騙《かた》り屋《や》
新・秋山久蔵御用控（二）
可愛がっている孫に泣きつかれた呉服屋の隠居が金を用立ててやると、実はそれは騙りだった。どうやら年寄り相手に騙りを働く一味がいるらしい。久蔵たちは悪党どもを追い詰める！
ふ-30-37

藤井邦夫
裏切り
新・秋山久蔵御用控（三）
大工と夫婦約束をしていた仲居が己の痕跡を何も残さず姿を消した。太市は大工とともに女の行方を追い見つけたかに思えたが、彼女は見向きもしない。久蔵はある可能性に気づく。
ふ-30-38

藤井邦夫
返討ち
新・秋山久蔵御用控（四）
武家の妻女ふうの女が、名前も家もわからない状態で寺に保護されたが、すぐに姿を消した。女は記憶がない〝ふり〟をしているのではないか——。女の正体、そして目的は何なのか？
ふ-30-39

藤井邦夫
新参者
新・秋山久蔵御用控（五）
旗本を訪ねた帰りに柳河藩士が斬殺された。物盗りの仕業ではなく辻斬りか遺恨と思われた。だが藩では事件を闇に葬ろうとしている。はたして下手人は誰か、そして柳河藩の思惑は？
ふ-30-40

藤井邦夫
忍び恋
新・秋山久蔵御用控（六）
四年前に起きた賭場荒しの件で、江戸から逃げた主犯の浪人がどうやら戻ってきたらしい。しかも、浪人を追う男の影もちらついて……。久蔵の正義が運命を変える？　シリーズ第六弾。
ふ-30-41

藤井邦夫
小糠雨
新・秋山久蔵御用控（七）
町医者と医生の二人が斬殺された。南町奉行所吟味方与力の秋山久蔵は早速、手下に探索を命じるが、事件は久蔵のある過去の出来事と繋がっていて——。大好評シリーズ第七弾。
ふ-30-42

文春文庫　藤井邦夫の本

藤井邦夫
偽久蔵
新・秋山久蔵御用控（八）
南町奉行所吟味方与力の秋山久蔵の名を騙り、谷中の賭場で貸元から始末金を奪った男が現れた。男は次々と悪事を働き始めるが……。偽者の目的とその正体とは？　シリーズ第八弾。
ふ-30-43

藤井邦夫
紙風船
新・秋山久蔵御用控（九）
ある年増の女が、一膳飯屋『丼屋』の老主人を人質にし、立て籠もりを行なったらしい。報せを聞き、現場に駆け付けた秋山久蔵は、女の要求に不審な点を感じる……。シリーズ第九弾。
ふ-30-44

藤井邦夫
隠れ蓑
新・秋山久蔵御用控（十）
二人の浪人を殺害し、江戸から逃げた指物師の男が戻って来た。秋山久蔵は早速探索を命じる。何故、江戸に現れたのか？　罪を犯してでも守りたかったものとは？　シリーズ第十弾。
ふ-30-45

藤井邦夫
残り香
新・秋山久蔵御用控（十一）
秋山久蔵の首を獲った者に賞金二十五両が懸けられた。これまで捕えてきた悪党たちの恨みなのか？　久蔵は早速手下に命じ、その真相を追うことに――。大好評シリーズ第十一弾。
ふ-30-46

藤井邦夫
凶状持
新・秋山久蔵御用控（十二）
五年前、博奕打ちの貸元を殺して逃げた伊佐吉が、江戸に戻ってきたらしい。危険を顧みず男は何故戻ってきたのか？　久蔵が探索を始めるとどうやら女の影が……。シリーズ第十二弾。
ふ-30-47

藤井邦夫
雨宿り
新・秋山久蔵御用控（十三）
入谷で金治という遊び人が斬り殺された。久蔵はその殺しの手口から、十年前に対峙したある男のことを思い出す。そんな折、その男の妻が久蔵の前に現れて……。シリーズ第十三弾。
ふ-30-48

藤井邦夫
朴念仁
新・秋山久蔵御用控（十四）
秋山久蔵の息子、大助の着物の袂に、助けを乞う結び文が入れられた。女文字の走り書きにまったく身に覚えのない大助だが、久蔵は不審なものを感じ探索を命じる。シリーズ第十四弾。
ふ-30-49

文春文庫　書きおろし歴史・時代小説

（　）内は解説者。品切の節はご容赦下さい。

稲葉　稔
武士の流儀（一）
元は風烈廻りの与力の清兵衛は、倅に家督を譲っての若隠居生活。平穏が一番の毎日だが、若い侍が斬りつけられる現場に居合わせたことで、遺された友の手助けをすることになり……。

い-91-12

稲葉　稔
武士の流儀（二）
清兵衛がある日見かけたのは、若い頃に悪所で行き合った因縁の男・吾市だった。吾市の悪評に胸騒ぎを覚える清兵衛。やがて、織物屋のご隠居が怪我を負わされたと耳にして……。

い-91-13

上田秀人
奏者番陰記録
遠謀
奏者番に取り立てられた水野備後守はさらなる出世を目指し、松平伊豆守に服従する。そんな折、由井正雪の乱が起こり、備後守はその裏にある驚くべき陰謀に巻き込まれていく。

う-34-1

風野真知雄
耳袋秘帖
南町奉行と大凶寺
深川にある題経寺は正月におみくじを引いたら大凶ばかり、檀家は落ち目になり、墓をつくれば死人が化けて出る。近所の商人から相談された根岸も、さほどの事とは思わなかったのだが。

か-46-43

坂岡　真
火盗改しノ字組（四）
不倶戴天の敵
伊刈運四郎は、凄惨な押し込みを働く「六道の左銀次」を追う最中、女郎や大奥女中の不可解な失踪を知る。これも左銀次の仕業か？　「しノ字組」に最悪の危機が迫るシリーズ第四巻。

さ-71-4

千野隆司
出世商人《しゅっせあきんど》（一）
急逝した父が遺したのは、借財まみれの小さな艾屋《もぐさや》だった。跡を継ぎ、再建を志した文吉だったが、そこには商人としての大きな壁が待ち受けていた!?　書き下ろし新シリーズ第一弾。

ち-10-1

（　）内は解説者。品切の節はご容赦下さい。

宮本紀子
おんなの花見
煮売屋お雅 味ばなし

お雅が営む煮売屋・旭屋は、持ち帰りのお菜で人気。気難しい差配、常連客の色恋、別れた亭主……様々な騒動に悩まされながらも、お雅は旬なお菜を拵え、旭屋を逞しく切り盛りする。

み-61-1

山本一力
あかね空

京から江戸に下った豆腐職人の永吉。己の技量一筋に生きる永吉を支える妻と、彼らを引き継いだ三人の子の有為転変を、親子二代にわたって描いた直木賞受賞の傑作時代小説。（縄田一男）

や-29-2

山本兼一
火天《かてん》の城

天に聳える五重の天主を建てよ！　信長の夢は天下一の棟梁父子に託された。安土城築城の裏に秘められた想像を絶する創意工夫。第十一回松本清張賞受賞作。（秋山　駿）

や-38-1

山本兼一
花鳥の夢

安土桃山時代。足利義輝、織田信長、豊臣秀吉と、権力者たちの要望に応え「洛中洛外図」「四季花鳥図」など時代を拓く絵を描いた狩野永徳。芸術家の苦悩と歓喜を描く。（澤田瞳子）

や-38-6

山本兼一
利休にたずねよ

美の求道者ゆえ、秀吉に疎まれ切腹を命ぜられた利休。心の中には若き日に殺した女がいた。その秘めた恋と人生の謎に迫る圧巻の第140回直木賞受賞作。浅田次郎氏との対談を特別収録。

や-38-10

山本周五郎・沢木耕太郎　編
山本周五郎名品館Ⅲ
寒橋（さむさばし）

周五郎短編はこれを読め！　短編傑作選の決定版。「落ち梅記」「人情裏長屋」「なんの花か薫る」「かあちゃん」「あすなろう」「落葉の隣り」「釣忍」等全九編。（沢木耕太郎）

や-69-3